es 1650
edition suhrkamp
Neue Folge Band 650

Fleischwolf. Gefecht ist ein wildes, rohes, ungebärdiges, ungemein kraftvolles Theaterstück, ist: das Drama eines ins Schlimmste gesteigerten Kriegs – des Kriegs in der Rotlichtbar »National«.

In der Nähe eines Truppenübungsplatzes liegt diese Bar, Treffpunkt der Outlaws vom Lande, von Mädchen ohne Zukunft, von einsamen Greisen und jungen Soldaten der Bundeswehr. Im »National« prallen Gewalt und Leidenschaft, Stumpfsinn und Aggressivität aufeinander, entladen sich in Abständen, laden sich erneut auf, Haß und Abwehr alles Fremden führen zu einem gräßlichen Szenario – zu einem Weltuntergang im kleinen.

Allein, dies wäre noch nicht das Einzigartige, Vergleichbares weit Überholende an *Fleischwolf*, gelänge es Fritsch nicht, »worum sich die zahlreichen Kroetz- und Fleißer-Epigonen unter Deutschlands jüngeren Dramatikern bemühen: Er erfindet für die zur Sprachlosigkeit verrohten Menschen eine kräftige, ordinäre, verstörende Kunstsprache.« (*Wolfgang Höbel, Süddeutsche Zeitung*) Für Werner Fritsch gilt dabei ein Satz von Philippe Sollers: »Das Kriterium für den Faschisierungsgrad einer Gesellschaft ist: Je gelassener sich die Menschen in ihr vor Augen halten, daß es in ihnen auch etwas Gemeines, Tierisches und Schablonenhaftes gibt, desto weniger faschistisch ist sie.«

Werner Fritsch, geboren 1960 in Waldsassen/Oberpfalz, Autor von *Cherubim* (st 1672), *Steinbruch* (es 1554) und *Sense* (erschienen in der »Kleinen Reihe« des Suhrkamp Verlages), wurde u.a. mit dem Robert-Walser-Preis und dem Rauriser Literaturpreis ausgezeichnet. Fritsch lebt derzeit in Paris.

Foto: Renate von Mangoldt

Werner Fritsch
Fleischwolf

Gefecht

Suhrkamp

edition suhrkamp 1650
Neue Folge Band 650
Erste Auflage 1992

Erstausgabe

Satz: Leingärtner, Nabburg
Druck: Nomos Verlagsgesellschaft, Baden-Baden
Umschlagentwurf: Willy Fleckhaus
Printed in Germany
1 2 3 4 5 6 – 97 96 95 94 93 92

O Rose thou art sick.
The invisible worm,
That flies in the night
In the howling storm:

Has found out thy bed
Of crimson joy.
And his dark secret love
Does thy life destroy.

William Blake

Personen

ZUHÄLTER (ERICH) *Mittvierziger*
MÄDCHEN (PUPPE), *zirka zwanzig*
ANIMIERDAME (ANASTASIA), *Enddreißigerin, blond*
GAST I (HÄCKSLER), *Siebziger mit Krücke, Beinprothese*
GAST II (SCHNURRER-LUKAS), *Sechziger, bäurisch*
GEFREITER I, *zirka fünfundzwanzig, Brillenträger*
GEFREITER II, *zirka zwanzig*
GEFREITER III, *zirka zwanzig*
GEFREITER IV, *zirka fünfundzwanzig*
UNTEROFFIZIER (UFFZI), *Endzwanziger*
STABSUNTEROFFIZIER (SCHALLER OTTO), *Dreißiger, bärtig*
GI (JOE), *Endzwanziger, schwarz*
GESCHÄFTSFÜHRER (HEINOLD), *Enddreißiger*
IROKESENMÄDCHEN, *zirka sechzehn, Mischling*
RAUSSCHMEISSER (TONI), *Enddreißiger, Italiener*
ROSENVERKÄUFER, *Mittdreißiger, dunkelhäutig*
HAUPTFELDWEBEL/SPIESS (GASHANS), *Endvierziger*
MAJOR, *Endfünfziger*
IRANERIN (SORAYA), *Endzwanzigerin*
FELDJÄGER, PSYCHIATER
STIMMEN

ORT *Nachtbar* NATIONAL
In der Nähe eines Truppenübungsplatzes am Goldenen Vorhang

ZEIT *Allgegenwart*

I. AKT

Die Nachtbar NATIONAL *ist geräumig; sie erinnert an einen Bahnhofwartesaal. Schmiedeeiserne Gitter auf Mäuerchen unterteilen den Raum. Im Hintergrund eine erhöhte Drehbühne für Striptease; hinten rechts die Theke. An einem thekennahen Tisch die beiden Gäste. An einem Tisch links im Vordergrund die vier Gefreiten in Militärmontur. An einem Tisch rechts im Vordergrund der Zuhälter samt einem zirka zwanzigjährigen Mädchen. Ein Tisch bleibt im Vordergrund für die Unteroffiziere frei.*

An der Theke der Rausschmeißer; hinter der Theke die Animierdame, die auch Getränke an den Tisch bringt. Sie trägt ein rotes Halstuch.

ZUHÄLTER Ich bin in Nürnberg dir hinein ins Puff. Hab einer Hur ihr Lederzeug herunter und hab sie in eine Nische beim Abort gezerrt. Hab eiskalt mein Messer heraus und ihr den Hals aufgeritzt.

Zeigt mit Kinn auf Animierdame. Singt im Stil einer Volksweise:

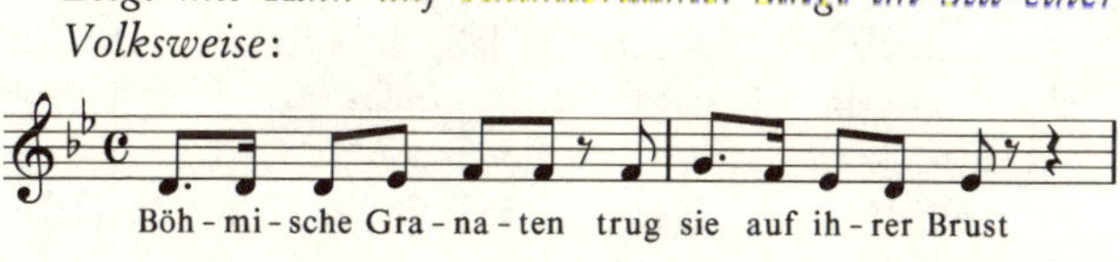

Böhmische Granaten, trug sie auf ihrer Brust
Böhmische Granaten, die glitzern rot wie Blut ...

Die hat nicht schlecht die Augen verdreht, wie ich ihn

heruntergeschleckt hab wieder. Den Brombeersirup aus die Brüst. Jetzt erst hat das Luder auf der Bühne ein Feuer gekriegt und beim Strippen gestrahlt wie ein Christkindl – da wär mir sogar Aids heut scheißegal. Krieg ich lebenslänglich dann am End. Ist halt nicht lang dann: Lebenslänglich … *Zur Animierdame, die nicht reagiert*: So hab ich unser Nürnberger Luder erlöst aus dem Schwesternheim und dann ihre Mitschwestern und ihren Luden selig … Anastasia, geh, hol ein spitziges Messer. Ich stech der Puppe in den Hals und fick sie dabei. Was glaubst, wie du abspritzt?! Puppe! *Pause*.

Sag, Puppe, hat dich überhaupt schon einer gescheit geschlagen?

PUPPE Jaa – einmal und nicht wieder.

ZUHÄLTER Der Militärhengst, das Würstl? *Pause*.

Weißt, so richtig: Daß es dir schwarz wird vor den Augen. Daß du, wenn du aufwachst, nimmer weißt, wo du bist. Wieviel, daß es geschlagen hat überhaupt.

PUPPE Sternlein hab ich noch keine gesehen, Erich!

ZUHÄLTER *eher zu den Gästen/Gefreiten*: Du mußt für eine Frau einfach der Gott sein. Was glaubt denn ihr, was es hagelt, wenn ich auf die Nacht heimkomm und krieg von einer Alten ein krummes Wort. Die hat ausgeschissen. Von wegen Nudelwalze. Die laß ich in Ruhe anschaffen für mich, da rede ich ihr nicht hinein. Mit dem zusammengefickten Zaster kann sie eine Wohnung einrichten und eine Frau markieren und vergessen, daß sie auf der Brennsuppe dahergeschwommen ist. Soweit, saugut. Aber wenn mir eine das Aufbegehren anfängt, da hau ich doch hinein, daß sie einen Kieferbruch kriegt. Für all die vertane Zeit mit der, kriegst auf die Nacht noch eine Gosche angehängt! Die tät dir noch ein schlechtes Gewissen hineindrücken: Daß sie todunglücklich ist, wenn du sie zum Teufel haust. Die kommt doch aus dem Rotzgreinen überhaupt nicht mehr hinaus. Was kann so ein Krüppel, so eine Mistsau schon alleine anfangen. *Streichelt zart über Puppes Wuschelkopf, zieht sie an den Locken zwischen die Schere seiner Schenkel*: Geh halt du auch ein wenig für mich auf den Strich?

PUPPE Du Knallkopf!

Sie will aufspringen. Er hält sie sanft fest.

ZUHÄLTER Wir könnten uns eine Wohnung einrichten, wo sich gewaschen hat. Mit Putzfrau, wenn du Wert darauf legst. Du und ich, Puppe, das wär doch ein Gespann. Unschlagbar. Mensch, Puppe, das tät mich hinaufhauen wie die Sau. Laß doch den traumhappigen Schaller in die Luft gehen. Was willst du mit einem Stabsunteroffizier? Überhaupt wirds mit der Fickerei auch nimmer gescheit hinhauen bei euch zweien. Machst der Pflaume für nichts und wieder nichts die Militärstute, wo er sich den Schwanz nach Dienst hengstmäßig rundumerneuern lassen kann.

PUPPE *steht auf*: Laß bloß den Otto aus dem Spiel, ja!

ZUHÄLTER Derweil schaust du mordsgeil aus. Du hast einen andren Wert bei mir. Ich erst tät dich schön zusammenrichten: Rote Stiefel bis übers Knie, schwarze Strümpf, Sträps, unterm Lederrock fleischfarbige Reizwäsche. Was denkst, wie du abgingst. *Zu den Gästen/Gefreiten:* Gelt, dann tät die Puppe erst richtig geil daherkommen!

GAST II So eine gestiefelte Katze in voller Kriegsbemalung … Kruzifixi, Erich, Erich! Daß es überdem einen gescheiten Striptease gäb wieder im »National«. Nicht so eine Jammergestalt. *Zeigt mit dem Kinn auf die Animierdame, die ihm gerade ein Bier bringt. Puppe nimmt wieder Platz*

ZUHÄLTER *leise zur Puppe, hinter dem Rücken der sich entfernenden Animierdame*: Bei mir kannst du alt werden, Puppe. Und doch brauchst nicht so alt ausschauen wie die da. Du kannst jederzeit auf meine Kosten auf die Lancasterfarm am Königssee wo, und kannst dir Schlangenmilch ins Gesicht reiben lassen gegen die Runzeln im Alter!

PUPPE *spöttisch*: Ehrlich, Erich!

ZUHÄLTER Wenn ich es sag.

Ein Rosenverkäufer mit dunkler Hautfarbe betritt das Lokal. Der Zuhälter winkt ihn zu sich. Sie flüstern.

ZUHÄLTER/ROSENVERKÄUFER .... Soraya .... Soraya .... Soraya.

Der Zuhälter zückt einen Zehner und ersteht eine Rose. Der Rosenverkäufer macht kehrt und geht ab. Bevor er das Lokal verläßt, fixiert er den Zuhälter, der – wie zur Bekräftigung – nickt. Der Zuhälter macht der Animierdame Zeichen, eine Vase zu bringen für die Rose.

ZUHÄLTER *Mit Blick auf Gast II*: Hat meine Puppe gehört, die ersten wollen Doktor spielen mit ihr ... Hättest das schönste Leben: Das tät sogar mir gefallen, auf die Schönheitsfarm gehen statt in die Scheißfabrik! Puppe! Im Sommer tät ich dich im Cabriolet ausfahren, im Winter kriegerst deinen Pelzmantel. Da ließ ich mich nicht lumpen.

PUPPE Juckt mich?!

ZUHÄLTER *heftig*: Und überhaupt wirst deinen Schaller oft genug betrogen haben ... Drunten in Indien. Beim Heiligensex mit Gurukrüppel und Gummihandschuh!

PUPPE Neulich, wie ich gesagt hab, daß ich wieder nach Indien will, hat sich der Otto ins Fensterkreuz gehängt und gedroht: Ich spring, wenn du fliegst. Da hab ich mich ausgezogen, hab mich nackt auf den Tisch gehockt, hab mir den Finger in den Arsch gesteckt und gesagt: Spring, aber spring in Gott.

ZUHÄLTER Der und springen. Da hätt ich dich Stunden vor seinen Augen in den Arsch ficken können, wär der hängen geblieben vor Feigheit im Fensterkreuz. Unter Garantie!

Aber ohne Schallersold ist auf Indien geschissen. Die paar Fabrikkröten ...

PUPPE *entschieden*: Ich will aber nach Indien. Um jeden Preis. Mein Guru hat mir geschrieben: Komm, so schnell du kannst. Egal wie!

ZUHÄLTER *spöttisch*: Ich hätt gedacht, dem muß ich erst einmal mit dem Schwanz auf die Glatze knüppeln, bis er merkt, daß er kein Hirn hat, dein Guru. Derweil hat der eins!

PUPPE In der Wurstfabrik jedenfalls tut es wirklich kein Gut mehr mit mir. Da komm ich nie weg. Und hab allweil den Saufleischgeruch in der Nase. Als Vegetarierin! Noch ein wenig, und ich schopp demjenigen eine Prügel Hartwurst in die Gosche, wo mich umeinanderkommandiert in der Fabrik. Auf die Leiter hinauf, daß er mir unter den Rock linsen kann.

Die Animierdame bringt ein Pilsglas mit Wasser. Und gibt die Rose hinein. Sie macht einen Knicks.

ANIMIERDAME *im Schulmädchentonfall*:

Die Rose hat in diese Welt
Gott als Königin gesandt
Und über ihr das Sternenzelt
Als Krönungsmantel ausgespannt.

ZUHÄLTER *unbeirrt*: Da haben wir es schwarz auf weiß. *Zu den Gästen/Gefreiten*: Wenn schon der Fabrikbesitzer selber so ein Bock ist, daß er die Weiber vom Fleischwolf wegholt … Euer Unteroffizier ist doch auch ein *fuchtelt mit der Hand vor der Stirn herum*: Rauschkind von ihm!

PUPPE Echt?

ZUHÄLTER *spöttisch*: Liebe macht blind. Hast den Falschen geangelt! *Lachen.* Jetzt ist er in fetten *räuspert sich*: festen Händen! *Lachen der Gefreiten.* Tu dich nicht ab. Meinst, der Alte ist ein Idiot und gibt die Fabrik so einem. Nie im Leben, Puppe. Scheiß drauf. Wiiir! Wir fliegen allen Augenblick auf Teneriffa, trinken in einer Tour »Escorial grün« und lassen uns am Arsch lecken. Ich tät dich abblocken gegen Gott und die Welt. Da tät keiner ungewaschen seine Griffel hin. Wenn mir eine gehört, leid ich es nicht, daß ihr wer an den Arsch geht. Der müßt mir schon arg gönnerhaft zuzwinkern!

GAST II *zwinkert ihm zu*: Ich dürft schon, Erich. Zwei solche Kameraden wie wir.

ZUHÄLTER *überhört dies. Zur Puppe*: Geh, hätten wir zehntausend im Monat übrig und mehr. Was willst mehr?! Kräutertee auf einem Silbertablett am Königssee. Ist das nichts? Schau her *küßt seinen Mittelfinger und hält ihn vor Puppes Lippen*: Puppe, ein jeder hat heutzutag Dreck am Stecken. Ob du jetzt gleich die Fotz hinhältst und abkassierst oder ob du einen alten Säckel aufreißt, der wo dir die Lappen in den Arsch schiebt, bis er abkratzt und ins Loch kommt … Und bei mir, da würdest du würdevoll durchgefickt, kriegerst dein Wissen um alles und würdest noch bezahlt dafür.

PUPPE Wissen hab ich genug. Ich weiß, daß ich schön bin. Und ich weiß, daß ich in Indien keinen Pelzmantel brauch.

ZUHÄLTER Geh, Puppe: Du weißt auch nicht mehr wie ein Negerkuß auf einem Asylantenschwanz!

GAST II Der Erich. Der Erich, der weiß, wie man ackern muß, daß die Geiß, daß die Geiß nicht in die Stauden scheißt.

GAST I Das Geld und das Weiberloch regieren die Welt. Wer das weiß, weiß genug.

PUPPE Ich weiß auch, daß ich in Indien kein Erich brauch.

ZUHÄLTER Mich bräuchtest schon, Puppe. Ich hätt bei uns zwei das Hirn. Das darfst kläffen! *Erhebt sich, gestikuliert, schreit*: Grad vorhin, in Grafenwöhr, hätt ich wieder eine Hur haben können. Knallt doch die mir gleich fünf Riesen auf den Tisch, samt einem Revolver. Das kriegst, hat sie dahergegeifert, wenn du dich zusammentust mit mir. Ich schau ein wenig dumm, kommt nicht ein wampiger GI daher und schnippt mit den Fingern nach ihr. Dem hab ich doch gleich eine hineinleuchten müssen, mitten ins Gefries, daß ihn seine Kumpel aufgefangen haben. Die haben geschaut wie die Geschockten, so ist mir der Kümmel gekommen gewesen. Schon sind sie, Stücker sechs, angerückt. Da kommst nimmer heil heraus, hab ich gedacht, die zermatschen dir das Hirn! Ich Ausschau gehalten nach dem nächsten Aschenbecher. Packt doch die Hurenfigur den Revolver, hält eiskalt den Bimbos die Mündung vor die Goschen: Hands up, mozzerfuckers! Die haben dir die Patscher andächtig in die Höh gehoben und den Schwanz eingezogen wie die reuigen Sünder. Die hätt auf der Stell anfangen können bei mir, wenn sie nicht mit Auflagen dahergeschneit gekommen wär. Von wegen: Sie hätt m i r das Leben gerettet. Hab ich sie an den Haaren gepackt, hab sie eiskalt abgefotzt und mit den Füßen getreten, bis sie geblutet hat. Halt mir deine Zupferbrut gefälligst vom Leib in Zukunft, hab ich sie angeherrscht. Dann hab ich sie niedergefickt. Da hats ihn gehabt, ihren Dreck im Schachterl!

PUPPE So brutal bist du doch im Leben nicht.

ZUHÄLTER Und wie! Wenn du mit mir zusammen bist, lernst die Leut kennen, und wenn du keine Leut kennenlernst, dann lernst mich kennen! Durch das kriegst du heraus, daß ein jeder eine Drecksau ist. Eine solche Drecksau, sag ich dir, daß um eine weniger nicht schad ist. Ist das klar?!

PUPPE Ausnahmen bestätigen die Regel, Erich. Du bist eine.

ZUHÄLTER Ich bin keine. Das stimmt. Ich bin ein gutes Herz. Ich schlag bloß wegen dem Blut. Sonst überhaupt nicht.

PUPPE Aber eines bräuchtest du nicht schlagen: eine Frau. Wer sich das traut, fürchtet sich im Grunde. Vor uns!

Der Zuhälter gibt ihr eine Ohrfeige. Puppe ist perplex; der Zuhälter selber überrascht. Plötzlich nimmt Puppe die Rose vom Tisch. Sie reißt sich, mit der Rose in der Linken, ihre Bluse auf. Alle starren nun auf sie, die sich die Rose so lange gegen die Brüste drückt, bis die Dornen ins Fleisch dringen.

Der Zuhälter kniet sich vor sie hin; sodann bettet er seinen Kopf zwischen ihre Brüste, aus denen Blut perlt.

PUPPE In Indien ist neben dem Aschram ein Ameisenhügel gewesen. Oder Termitenhügel. Da ist eines Tages eine Königskobra drobengelegen. Sind dir Hinduweiber gekommen, haben dem schwarzen Vieh Rosenstaub hinaufgestreut, roten, übers Haupt. Und die haben sie angebetet wie eine Göttin. Anderntags ist das Tier wieder da und die Inderinnen, die tun ihm eine Schale Milch hin. So ist das Tag für Tag gegangen. Gegen Schluß hab ich mich getraut, der Schlange eigenhändig die Milch hinzustellen. Und hab ihr zugeschaut, wie sie den Kopf mit den schwarzen Äuglein aufgerichtet hat und nach der Milch gezüngelt. Das Herz hat mir im Anfang wie verrückt geklopft in der Brust. Fast wie jetzt. So in Trance sind wir gewesen. Ich wie sie. Drum will ich wieder zurück. Zu meinem Guru. Zu meiner Schlange.

Sie verläßt mit einer abrupten Drehung das Lokal. Der Zuhälter erhebt sich geistesabwesend und folgt ihr mit einer geringfügigen Verzögerung, so daß nicht hervorgeht, ob er ihr folgt oder seinerseits abtritt.

GEFREITER IV *zu den Gefreiten*: Mir kommt das Kotzen. Brauch bloß an die Scheißfickerei denken. Morgen, in aller Herkotzfrüh. Wird es den Major wegpfeifen, diesmal? Wird er wieder befehlen, daß jeder bei Dienst ein Lächeln zur Schau tragen muß, damit ihn nicht *spricht geziert*: Melancholie überkommt.

GEFREITER III Neue Lage?

GEFREITER I Dreizehn und der Rest von heute!

GEFREITER III Gefreiter IV – Maßbandkontrolle!

GEFREITER IV Ich mach den Scheiß nicht mit!

GEFREITER III Spielverderber.

Gefreiter I, Maßbandkontrolle!

Der Gefreite I zückt sein Maßband auf einer Rolle. Es sind lediglich dreizehn Zentimeter zurückgeblieben.

GEFREITER III Du hast schon abgerissen! Das kostet eine Maß.

GEFREITER I *zur Animierdame*: Eine Maß für den Vollblutsoldaten da!

Die Animierdame bringt dem Gefreiten III die Maß Bier. Dieser trinkt sie zügig leer.

GEFREITER II *zückt sein Maßband*: Zu kurz. Kann ich keinen Habicht mehr peitschen!

GEFREITER IV *zu den beiden Gästen/zur bedienenden Animierdame*: Unser Major ist ein Gejagter. Steht nur unter der Kommandantur vom Haß. Spürt die Knochen der Toten auf unter Beton. Wo der Tod das Sagen hat, blüht er auf. Will verewigen, nicht sterben. Sein Keller ist voller Cola, daß er durchhält im Ernstfall. Panzerfäust, ausgemusterte, hat er abgestaubt aus der Waffenkammer. Zu schweigen von den ewigen Handgranaten. Glaubt er doch felsenfest, daß der Russ doch noch aufkreuzt. Dann schieß ich eigenhändig Atomreaktoren in Brand, hat er neulich ausposaunt im Politischen Unterricht. Als Strahlenschutzschild!

GEFREITER II Der ist nicht mehr dicht, der Mann.

GEFREITER IV Neulich hat er gesagt zum Stabsunteroffizier Otto Schaller: Reißen Sie ja Ihr Maul nicht so weit auf im Ernstfall, Mann. Sonst schneidet Ihnen der Iwan im Ernstfall den Kopf ab und haut Ihnen die Goldzähne heraus mit dem Fleischerhaken. Wenn Sie unseren Staat schon mit Ihrem verrotteten Gebiß schröpfen!

GAST I Von einem Friedhof hab ich gehört in der Tschechei: Da stehen die Brennessel hüfthoch, und in einem Grab kugeln lauter Totenköpf umeinander. Lauter deutsche. Denen haben die Tschechenteufel das Gold gebrochen, so heruntergewirtschaftet haben die.

ANIMIERDAME Das ist doch ein Jäger, euer Major.

GEFREITER IV Reif für den Jagdschein ist er auf jeden Fall.

Lachen.

GEFREITER III *zu den Gästen/zur Animierdame*: Glaubt ihr, unser Spieß ist ein kleineres Kaliber?! Kämpfernatur.

Ist früher Fallschirmjäger gewesen im Schwarzwald. Hat einmal einen Versager gehabt. Der Hauptschirm nicht weit genug aufgegangen, und der Reserveschirm hat sich auch noch verwickelt. Daher hat er ein wenig einen Dachschaden. Seit der Bruchlandung hat er sich seinen Unglücksschirm samt Löchern im Zimmer aufgehängt als Trophäe. Ich hab neulich bei ihm die Stube reinigen müssen, ich hab geglaubt, mir hauts den Vogel heraus!

GEFREITER II Und obwohl daß wir Panzerpioniere waren, haben wir aus dem ersten Stock springen müssen als Habichten. Und Fallübungen machen!

GEFREITER III Aber jetzt ist er auf Gas umgestiegen! Gas, Gas, Gas! Drum heißt er neuerdings auch Gashans!

GAST II Das ist doch der, wo mit seiner Frau gesprungen ist im Schwarzwald und die Frau ist tot gewesen?

GEFREITER I Ich weiß bloß, daß er seinen Rauhhaardackel zerquetscht hat beim Landen. Meine arme kleine Grethel hat dran glauben müssen, jammert er noch heut. Der Idiot.

GEFREITER IV Und den letzten Auerhahn im Schwarzwald hat sein Zug auf Befehl in Stücke geschossen.

GEFREITER II Und unser Stabsunteroffizier?! Draußen Diskohengst, drinnen Radfahrer. Überall aber aufs Hineinficken aus. Einen Prozeß hat er am Hals gehabt wegen Selbstverstümmelung, der protzige Pickel. Liegestützen nach Legionärsart, tut ja dauernd vom Tschad daher. Liegestützen sind das, auf einem Arm. Über einem aufgestellten Messer. In der Kantine. Rutscht aus in einer Bierlache. Patsch! Her hauts ihn auf die Gosche, und das Blut ist dir gespritzt aus der Halsschlagader, als ob du ein Stück Vieh schlachten tust. Inzwischen hat er einen Rauschebart über dem Wundmal.

GEFREITER I Aber immerhin die größte Waffensammlung in ganz Grafenwöhr! Orden wie Sau, Wahnsinn!

ANIMIERDAME *kommt an den Gefreitentisch*: Das Licht, das rote, leid ich nicht. Da schaut unsereins so alt aus. Grün wär mir lieber. Das haben früher allweil die Hebammen getan, was Grünes vors Licht. Die haben schon was gewußt auch früher.

GAST I Führ sie hinein ins Glück, die jungen Kuckkuck! Anastasia!

GEFREITER I So einen geistigen Tiefflieger kriegst aber draußen nicht zu Gesicht auf freier Wildbahn wie den Uffzi. Der verdient nicht einmal das Loch im Arsch. Im Gegensatz zum Schaller. Unserm Uffzi tät der Arsch sauber gehen auf Grundeis, wär nur sein Fleischwolfficker von Vater kein Fabrikant! Dafür hat sein Früchterl eine Wurst vermurkst nach der anderen am Scheißband, da haben sie ihn in der eignen Fabrik nicht untergebracht. Bloß weil der Herr Major bei dem Herrn Fabrikanten auf die Pirsch geht am Rußweiher, hat sich für den jungen Hirschen in der Kompanie ein Platzerl gefunden. Kartonweis schleppt er dem Major Wodka zu. »Gorbatschow« in der Herrgottsfrüh. Dann torkeln sie zu mittag bereits unverwundbar ins Offizierskasino. Sakra.

GAST II Das hätts unterm Hitler nicht gegeben!

GEFREITER I Einmal, das vergeß ich meiner Lebtag nicht, bin ich seiner Gruppe zugeteilt worden. Bei der Formalausbildung. Ihr glaubt es nicht. Hat er im Kasernenhof NACH HINTEN WEGTRETEN befohlen. Die Leute weggespurtet wie frisch aufgezogne Blechfiguren. Unser Genie blödelt mit dem Stabsunteroffizier und vergißt aufs Haltschrein. Als er endlich HALT schreit, sind die Leut außer Rufweite. Und wir – kreuzkruzifix kreuzkruzifix – immer geradeaus, gerannt auf Teufel gib den Geist auf. Volle Kanüle in den lebendigen Zaun. Die Scheißschlehen vor der Aschenbahn. Ewig Blut im Gesicht geistern wir durch die Dornen:

immer geradeaus. Da kommt er dahergeschwirrt, unser Schrumpfgermane von Unteroffizier, und schaut zuerst eine Zeitlang blöd wie ein Zwetschgenkrampus in voller Blüte, bis er HALT plärrt. Jetzt drehen wir uns halt befehlsgemäß um hundertachtzig Grad und zerkratzen uns dadurch grad die Gesichter noch sakrischer und stehen befehlsgemäß da im Stillgestanden. Ich wär auch noch hundert Jahr seelenruhig im Schlehenzaun gestanden. O Haupt voll Blut und Wunden! Und hab mich auf die blutigen Lippen beißen müssen, sonst hätt ich mich gekugelt vor Lachen!

Lachen.

GEFREITER III Und doch am meisten zum Scheißebrüllen ist die Mutter der Kompanie, unser Spieß: Gashans a gogo! Weil unser guter Gashans einen Narren in ABC-Schützen gefressen hat, wo im Gasmaskendichtigkeitsprüfungsraum Scheiße kotzen vor CS-Gas.

GEFREITER IV Heißt ja nicht umsonst auch: Adolf-Eichmann-Gedächtniskapelle!

GEFREITER I D e r Adolf war konsequenter wie der ander Adolf, der Halbjud!

GEFREITER III Jetzt ist CS-Gas ja gesperrt. Weil ein Rotarsch in der Adolf-Eichmann-Gedächtniskapelle die schwarzen Essensmarken empfangen hat.

GEFREITER I *zum Gefreiten III*: Du wirst auch gleich die schwarzen Essensmarken empfangen. Und abnippeln. Bist bis heut ein Rotarsch, wo am Mutterkuchen scheißt!

GEFREITER III Metzger bin ich, aus Wiesau. Früher, als Lehrbuben, fort Fußball gespielt mit einem Saukopf. Wie der in der Halbzeit ausgeschaut hat. Wie ein Ebenbild!

GEFREITER II Mein Vater war auch zeitweis Metzger. Zeitweis hat er schwarze Rosen gezüchtet. Und ist mit dem Motorrad verunglückt in Gibraltar. Die schwarzen Rosen blühen allweil zu Pfingsten. Ihr Geheimnis hat er mit ins Grab genommen.

GAST II Dinge gibts, die sind nicht zum Festhalten. Die bleiben hängen! Was bin ich früher für ein Liebhaber gewesen. Feurig! Wie so ein Christbaum mit siebenundzwanzig roten Kerzen!

GEFREITER III Weihnachten war ich auf Wache im Munitionslager: Bombenvideos haben dir die! Wo eine Negrin in den Schnee scheißt und zugleich in eine Banane beißt. Leider Gottes nur in Schwarzweiß und auch noch von hinten abgespielt!

GEFREITER I *zum Gefreiten III*: Ich wett, wenn du vom Manöver heimkommst, hat deine Alte Spinnweben zwischen den Beinen.

GEFREITER III Und die deine wird gerade die Pariser von den Kanacken aus dem ganzen versyphten Viertel an der Wäscheleine aufhängen zum Trocknen.

GEFREITER I Daß dich nicht brennst, Bruder. Meine Alte läßt sich von Parisern überhaupt nicht. Zipfelmützen sind Rassenschande. Mit einem Nahkampfsocken aufbocken, das ist genauso, wie wenn ich zum Wichsen Handschuh anzieh.

GAST II Das ist genauso, wie wenn ich zum Füßwaschen die Socken anlaß, heißt das, du Kuckuck!

GEFREITER II Die meine wird seelenruhig auf dem Heizkörper hocken und stricken, bis ihr das Arschwasser kocht.

GEFREITER I Wer so einen Jahrgang fickt, ist von Haus aus ein Leichenschänder. *Lachen.* Der mit seiner Gruftnutte geht mir auf den Geist.

GEFREITER II *zum Gefreiten I*: Dafür schneidet die deine bei der Stiftung Warzentest sauschlecht ab.

Schüttelt den Kopf. Brüst, wie wenn eine Maus die Fäuste ballt!

GEFREITER III *zum Gefreiten I*: Der deine wird halt zusammenklappen wie ein Ding, wenn du was drüberziehst. Wie ein Ring Fleischwurst. Verstehst, was ich sagen will durch die Blume?

GEFREITER I *zum Gefreiten II*: Reiß nur deine Fotze nicht gar so weit auf, sonst könntest sie gestopft kriegen. Wo hast ihn denn gelassen in Gottes Namen? Am Dienstag ist bei dir nur ein langes helles Schamhaar heruntergehangen beim Duschen.

GEFREITER II *zum Gefreiten I*: Wird Zeit, daß du deine Brille aufsetzt beim Duschen!

GEFREITER I Wenn ich eure Wasserköpf so anschau, glaub ich allweil, eure Alten haben euch beim Baden gezeugt. Da ist die Essenz durch den Abfluß geschwommen.

GEFREITER II *zum Gefreiten I*: Wenn dein Vater nur an einen Baum gewichst hätte. Die Sonne hätte so eine Mistgeburt wie dich nicht ausgebrütet.

GEFREITER III Nein, wenn sein Vater bloß in den Bach gewichst hätte, dann hätten die Fische wenigstens was zum Fressen gehabt.

GEFREITER II Genau: Dann wären bloß ein paar Kaulquappen mehr herumgeschwommen und wir hätten unsre Ruh!

GEFREITER I Spastiker von eurem Kaliber gehören sich sowieso zurückgefickt und abgetrieben. So lautet eure Parole: Ich bin kein Mensch, ich bin kein Tier, ich bin ein Panzerpionier. Ihr tätet überhaupt zur Arri gehören: Da könntet ihr die Rohre von den Panzern besamen. Aber etwas Schaumgummi in die Mündung schoppen, sonst spießt sich nichts!

GEFREITER II *zum Gefreiten I*: Jetzt hakts aus bei dir. Du brauchst doch original den Hitlerstrahl. *Zeigt auf den Gefreiten IV*: Dem hats wohl die Sprach verschlagen.

Oder singst du nur noch, wenn dir wer beim Vögeln das Gesicht zerkratzt. *Lachen. Der Gefreite IV reagiert nicht.* Einmal hab ich ihn auf dem Abort ... Unsere Stube hat als Revier das Scheißhaus gekriegt. Wir geblockert wie die Sau, das Scheißhaus aufgewienert auf Hochglanz. Gestunken hat es wie im Puff nach Putzmittel, grad daß wir kein Parfum verspritzt haben. Alles tipptopp gewesen: Die Spiegel poliert, Zigarettenkippen aus den Pißschalen gefischt, Scheißflecken aus den Kloschüsseln gebürstet, die Fliesen geschrubbt, den Lampenschirm abgeschraubt und vom Fliegendreck gereinigt. Kurz vor der Revierabnahme stinkts auf einmal nicht mehr nach Kacke, sondern nach Kotze. Kreuzteufel, ich hätt beinah meine Gasfotz vom Spind geholt vor Gestank. Hundsgotterbärmlich!
Ich, auch nicht grad aufs Hirn gefallen, kletter mir nix dir nix hinauf auf den Heizkörper: Lins in die vollgereiherte Abortzelle, spring hinein und hab an den Schnittwunden das Blut zugedrückt, was aus der Schlagader geschossen ist. Wie so einen gekreuzigten Christus hab ich ihn dann in den San-Bereich geführt. Selber blutig wie Sau.

GEFREITER IV Werden sie dreckig, kriechen vor den andern, werden zum Wurm. Wollen sich doch nur anlehnen an einen Menschen. An etwas Menschliches. Aber nur die Beine auseinander und sich vollpumpen lassen. Vom Beton, vom Scheißdreck. Schlaftaub sind sie vom Scheißdreck. Dann sirrt ihnen der Kopf. Ganz sirrert sinds. Lauter Dräht im Kopf, wo durchschmorn.
Da hat er mich am Arsch gehabt, der Teufel, wie Schluß war mit der meinen. Mit der Margot. Ich hab Bereitschaft gehabt, komm eine Woche keinen Zentimeter aus der Kasern und sie – sie geht dreisterdings Spaghettifressen mit den Spaghettifressern. Und hinterher haben sie die

Spaghettifresser halt dahergeritten mit ihren Nudeln auf der Bude. Stücker drei, vier. Die Kruzifix-High!
Dann ist sie zu den Bullen gegangen. Hat bei den Bullen auf Vergewaltigung gemacht. Haben sie die Bullen zum Blasen mitgenommen, die blöde Kuh. Kein Zeug. Das glaubt jetzt wieder kein Schwein. Aber Tatsachen sind das. Tatsachen, die sie zur Hure machen. Eiskalt.
Zuhälterkrüppel sind aufgekreuzt. Goldringe an den Wurstfingern. Lätschen wie Mafiosi. Nürnberger Nummern auf Amischlitten. Nadelstreifenanzüg und vom Kokain durchgefressene Nasenscheidewände! Bis ich die Nadelstiche gesehen hab. Eiterbatzen, weil sie immer ins gleiche Loch gestochen hat. Als Heroinhur haben sie sie wieder hier abgesetzt. Ich hab schon geweint. Hab ich.

GEFREITER I Wegen einer Hur?

GAST II Haben sie dem Buben Hasch ins Bier?

GEFREITER IV *unbeirrt*: Es ist ganz normal das Wasser heruntergeronnen und hat nicht einmal salzig geschmeckt. Da war sie schon Asche. Dann liegst wieder im Stahlbett, eingewickelt in eine graue Krätzendecke. In der Kasern wie in einem Nazibrutkasten. Wenn du gleich einschläfst, hast Glück. Wenn nicht, hilft auch das Wichsen nichts. Dann kriegen die Hirngespinste Blut.

Der Zuhälter tritt ein, gefolgt von Stabsunteroffizier und Unteroffizier. Etwas später folgt der Rausschmeißer. Erstaunt fixieren sie den Gefreiten IV und kommentieren stumm, also kopfschüttelnd, seinen Traum.

GEFREITER IV Kommt die tote Margot vom Heroinstrich, hat über dem Gesicht, dem blutarmen, eine Gurkenmaske gegen Pickel. Stolz zeigt sie mir ihren Unterarm ohne Einstiche. Aber ich weiß dumpf, daß sie sich jetzt unter die

Zunge spritzt ... Und es kommen andre. Kommen nachts und betteln um Wärme. Menschliche Wärme. Wir sind Schlachtopfer aus dem Krieg. Schlachtvieh für den Sieg, sagen sie. Wir haben Fleischerhaken in der Goschen. Schon als Kind sind sie über mich gekommen, aus dem Konzentrationslager. Die wollen uns warnen, doch ich will nichts wissen. Ihr mästet euch durch Schlachtmesser und Schußapparate extra fett, sagen sie. Metzger und Schlachtvieh in einem. Metzger und Schlachtvieh.
Und bin in Schaufenstern die metergroße Kunststoffsau, auf zwei Beinen, samt einem Metzgerschurz. Ich! Und ein Schlachtmesser im Vorderhaxen, in der Luft ... Wenn es gar nicht aufhört, strangulier ich mich im Schlaf. Mit der langen Liebestöter in Oliv.

Der Gefreite III verabreicht ihm eine Maulschelle. Auf die linke Wange. Der Gefreite IV hält inne.

GEFREITER III Tut mir leid, Kamerad. Ich muß dir den Ton abstellen.
ZUHÄLTER Ein Christ ist er auch noch. Tut daher, wie vom Heiligen Geist gebissen.
STABSUNTEROFFIZIER Ein Pazifisterl. Dich fick ich, Früchterl. Dir schopp ich ihn hinein bis zum Adamsapfel!
GEFREITER IV Sie können mich zwar ficken, aber nicht befruchten. Herr Stabsunteroffizier!

GAST II So einer wär früher an die Wand gestellt worden. *Pause.*
Ein kalter Wind geht weg. Von meiner Alten ihrem Loch. Wirklich wahr.
GAST I Wenn ich kein Pul-

Der Gefreite I nimmt aus der Brusttasche der Uniformjacke des Gefreiten IV ein Päckchen Tabletten und gibt dem Gefreiten IV zwei Stück zum Schlucken.
GEFREITER III Schluck dei-

ver hab, ist es gleich aus mit meinem Glück beim schönen Geschlecht. Mein Taktstock hat einen gewissen Hang zur Ruhe. Und doch zerreißt einen das Taktgefühl von Zeit zu Zeit!

GAST II Der hängt schon ins Grab.

GAST I Der hängt metertief ins Grab.

GAST II Angelst deine tote Alte wieder heraus? *Pause.* So hab ich mir es als Kind vorgestellt: Der Herrgott hockt in einer Gewitterwolke über dem Friedhof und angelt die Seelen. Alle Armen Seelen.

GAST I Nie und nimmer. Bin ewig froh, daß eine Ruh ist.

GAST II Untertags Krieg führen und nachts beim Feind liegen. Das ist die Ehe.

GAST I Ein Weib ist ja so was Schlechtes. Das kann sich unsereins nicht einmal vorstellen, wie schlecht.

GAST II Total ausgefuchst.

ne Tabletten und gib Frieden. Sonst drehts dich zusammen, und sie kommen und geben dir eine Wurstspritzen. *Leise*: Reiß dich zusammen. Kurz vor Schluß brauchst auch nimmer aus der Rolle fallen. Das Manöver noch, und die Geschichte hat ein Ende!

ZUHÄLTER *zum Stabsunteroffizier*: Was läuft denn bei euch für ein menschlicher Schrott herum? S o wollt ihr den Krieg gewinnen?

STABSUNTEROFFIZIER *laut*: Männer, ihr räumt jetzt gescheiter das Gefechtsfeld, sonst gibts böses Blut. Bringen Sie Ihr Gepäck auf Vordermann. Morgen wirds ernst!

In diesem Augenblick tritt durch die Vordertür ein schwarzer GI ein. Die Gefreiten umringen ihn mit Feuer in den Augen.

GEFREITER I Joe, unser Irak-Kämpfer.
GEFREITER II High-Iraque-Fighter!
GEFREITER III Hey Joe!
GEFREITER IV High!
GAST II »Heil« heißt das, du Intelligenzbestie.
Pause.
Daß der Amerikaner nichts zu Ende bringen kann, der Sakra *hebt die Hand zum Hitlergruß*: Hei – Hei ...
GAST I Den Satan hat er auch nicht zurückgeschossen in die Steinzeit, der Ami.
ANIMIERDAME Aber die Pforten der Hölle, die haben sich aufgetan schon einen Spalt in Kuwait. Durchs Öl, wo brennt hat!
ZUHÄLTER 37 000 Granaten pro Gummipanzer in den Wüstensand gewichst, die Vollidioten, die ferngesteuerten!
GAST II Ohne Zielwasser, die Soldaten heutzutag!
ZUHÄLTER Der *lacht*: Satan verteilt Goldketten unter Diplomaten als Amulett. Jeder Anhänger ist sein Schwanz aus Rubin. Ein Mordsgerät, Joe!
GAST II *zu Joe*: Satan – *er zeigt Kartuschengröße durch Handabstand* – so groß!
GAST I Mords, mords ein Gerät! Satan!
GEFREITER II Habts ihr – have you had Hades-rockets down in Iraque?
GEFREITER I Hades-Raketen sind doch französisch.
ANIMIERDAME Für französisch bin ich zuständig.
ZUHÄLTER Satan – *zeigt Kartuschengröße durch Handabstand* – Joe – *zeigt Patronengröße durch Handabstand.*

GI Joe geht auf den Tisch der Gäste zu und legt sein Glied auf die Tischplatte.

GAST II Respekt!

GAST I *zieht röchelnd Atem durch Zahnlücken*: Sauerei! Sauerei!

ANIMIERDAME Heiliger Satan!

ZUHÄLTER Toni, wenn du der längste unter uns bleiben willst mit einer römischen Granaten, dann ...

GEFREITER I Will unser Herr Stabsunteroffizier nicht auch bei dem Turnier seine Lanze ...

STABSUNTEROFFIZIER Abflug, Leute! Bringen Sie Ihr Gepäck auf Vordermann, sonst krachts! Morgen wirds ernst!

RAUSSCHMEISSER *packt den GI Joe an den Schultern, zeigt auf die Tür*: Off limits!

Der GI Joe geht stolz erhobenen Hauptes hinaus.

GEFREITER II *verzückt im Abgehen*: Heut hat so ein Arsch abgeprotzt, mir dreißig Schuß in den Bauch gerotzt.

GEFREITER I Scheiß-MG: Mein Bauch, mein Schwanz ist auch nimmer ganz!

GEFREITER III Mir habens durch die Augen geschossen, da ist mein Hirn herausgeflossen!

GEFREITER IV Ich muß täglich meine Nieren, Leben und Leber verlieren!

UNTEROFFIZIER *schreit*: Schweigen Sie! Das sind militärische Geheimnisse! Abflug!!!

ANIMIERDAME *lacht über die traumversunken im Stechschritt abstaksenden Soldaten*: Dreißig Schüsse ins Herz ist bei mir die Regel.

Ihr Lachen geht plötzlich in Husten über. Der Stabsun-

teroffizier, der die Tür hinter den abgetretenen Gefreiten schließt, klopft ihr auf den Rücken. Sie schüttelt den Kopf. Zeigt zwischen ihre Brüste: Kannst du hier hinhauchen. Geh ganz nah her. Bitte, schnell.

Der Stabsunteroffizier tut es.

ANIMIERDAME *nachdem sie tief Luft geholt hat*: Das erweitert die Bronchien.

UNTEROFFIZIER Das kommt vom Nikotin. Die Muttermilch des Todes!

GAST I SS – Selber Schuld! Brauchen sich hier herinnen nicht so aufführen. Als deutsche Soldaten! Der eine ist eh reif für die Klapsmühle.

UNTEROFFIZIER Den hat der Bund geschafft!

ZUHÄLTER Was für ein Loch hat dein Weib, Schnurrer?

GAST II Einen Eisbunker, ich schwörs dir! Arschbacken zum Walnußknacken, das schon. *Verträumt*: Und ein saueres Düngerl zaubert dir die. Erich, ein Gedicht!

GAST I Ich bin geschmacklos. Danke für die Einladung. *Pause.*
Mir hat der Arzt arschkalt gesagt ins Gesicht. Ich hab Mundhöhlenkrebs. Himmelmutterl! Ich rauch Rothhändle. Ich wollt aufhören. Bis Mittag hab ich es ausgehalten. Da hat mir meine Zimmerwirtin eine Schachtel geschenkt. Ich wollt mir auch nicht gleich was anmerken lassen. Jetzt ist es zu spät oder zu früh zum Aufhören. Ich wart auf die Operation, ich rauch allweil die eiserne Ration.

ZUHÄLTER *zum Stabsunteroffizier*: Gerade vorhin ist dein Luder aufgeblüht im »National« vor Geilheit! *Zeigt auf den Rausschmeißer. Leise*: So einen Schwanz wie den Toni seinen hat die Puppe ihrer Lebtag noch nicht gesehen.

STABSUNTEROFFIZIER Mit der hab ich eh groß nichts mehr zum Schaffen.

ZUHÄLTER Dann wirst nichts dagegen haben, daß ich sie ein wenig getestet hab auf dem Rücksitz. Wirst sie mir noch öfter pumpen zum Vollpumpen? *Der Stabsunteroffizier zuckt zusammen.* Ja, aber wenn eine den Bauch vollhat von dir, ziehst Leine …

STABSUNTEROFFIZIER Rotwein hab ich ihr eingeflößt, ins siedheiße Bad hab ich sie gesteckt. Im Schupfen hab ich sie herunterhupfen lassen. Nichts hat gefruchtet. Zu einer Engelmacherin wollt sie ja nicht. Zum Glück wars doch ein Abgang. Da haben wir alt ausgeschaut, über unsrem armen Wurm: rot und blutig und tot in der Abortschüssel! Sie glaubt aber, daß sie jetzt eine Halskette tragen muß mit einem Kindertotenkopf in ihrem Huscher. Jetzt ist jedenfalls Schluß. Mein gesamter Sold wär flötengegangen für Indien. Guru, Guru über alles!

ZUHÄLTER Sag fein nichts gegen den Guru. Das ist ein blitzgescheiter Mann! Dich sticht er allemal aus in meinen Augen.

STABSUNTEROFFIZIER Jetzt kann sie meinetwegen anschaffen oder ins Kloster gehen. Juckt mich einen feuchten Dreck. Ich schaff beim Bund an, aber da hab ich das Sagen. *Pause.*
Ein wenig hergerissen hat es mich, eine schlecht kurierte Grippe. In der letzten Zeit ist mir so ein Elendsvirus eher in den Kopf gestiegen als das Ficken vor Fieber! Scheißmanöver, morgen. Da muß ich mich sehen lassen.

UNTEROFFIZIER Den haut das Rekrutenficken allemal mehr hinauf als eine Alte ficken. Da gibts wenigstens keinen Nachwuchs. Nur neue Rotärsche.

ZUHÄLTER Ihr werdet mir alle zwei schon die Richtigen sein. Den ganzen Tag herumlungern, die Leute drangsalieren und hin und wieder gepflegt einen auf sterbenskrank machen. Ich für meinen Teil, ich war im Knast in Amberg. Da hab ich den ganzen Bauch wund gehabt. Gebrannt wie ein Wundherd vom Hautkrebs, war aber bloß Krätze oder weiß der Kuckuck. Ist auch von selber verheilt. Aber das war noch ein Dreck gegen das Loch im Schädel! Wichst mir nicht der Knastdoktor seine ungeputzten blutpappigen Krummnadeln in den Schädel hinein. Ohne Narkose! Ich hab geglaubt, ich krieg Junge. Da ist mir der Narrische gekommen. Da hab ich den Doktor am Krawittchen gepackt und mit dem Skalpell ein wenig am Hals gekitzelt. Du, hab ich ihn angeherrscht, wennst meinst, du brauchst bloß den andern Captagon zuschustern, hast dich gebrannt. Dann werden wir Scheißbrüder. Das hat dann gezogen. Ich bin mit dem Captagon nicht mehr zu kurz gekommen. Im Moorbad und überall. Glaubts, ihr Schulbuben, da hat sich wer was geschissen im Knast, wenn sich einer die Pulsadern aufgeschlitzt hat?! Grad daß sie gnädigerweis ein Hansaplast drübergepicht haben. Am andern Tag war der Tanz aus, und das Leichenauto ist schon drunten gestanden. Den Knaben mit den Pulsadern hat es derbröselt und einen mit Magendurchbruch. Im Knast mußt eisern gesund sein, sonst gehörst du der Katz. Nicht wie bei euch, mit jedem Scheißdreck in den Sanitäts-Bereich und krank melden. Ihr wehleidigen Krüppel tätet in einem Krieg sauber den Kürzeren ziehen. Wenn die Russen solche Brocken sind wie ich, mähen sie Stücker sechs von eurer Sorte nieder!

STABSUNTEROFFIZIER Daß ich nicht gleich das Greinen anfang. Meinen ersten Kameraden in der Kindheit hab ich so verloren. Zwischen Farnwurzeln im Röthenbacher Eichenwald sind hinter der hölzernen Kapelle Granaten gelegen. Und der ander hat die Granaten zuhaus entschärfen wollen – mit der Rohrzange. Tut eine Granate in den Schraubstock und die Zündung dreht er, der dumme Teufel, statt nach rechts nach links. Das größte Trumm, was man von ihm gefunden hat, war sein Unterarm in der Garage – samt der Hand im Lederhandschuh. Und bis auf den heutigen Tag hab ich einige Leut für nichts und wieder nichts krepieren sehen vor meinen Augen.

UNTEROFFIZIER Ihr habt halt, wie ihr dasitzt, noch keine Negerin gefickt. Ich dagegen bring schon Stücker vier auf die Waage.

STABSUNTEROFFIZIER Aber auch nur in Nürnberg, hinter der Mauer. Gegen Geld. Sogar meine erste Frau war eine Negerin, eine GI-Frau aus dem »Jenseits«. Da hab ich in Grafenwöhr noch bei der Mutter gewohnt. Zum Glück hat die nicht mitgekriegt, daß ich, schwarz auf weiß, zum Mann geworden bin.

ZUHÄLTER Mich hat neulich eine aus Tansania angehaut, ob ich sie nicht lecken tu? Die ist aus dem Asylantenheim gekommen. Ich hab derweil die Stasi auf der Musikbox gefickt. Da hab ich aufgezogen, du Mistlady darfst froh sein, wenn ich meinen Schwanz in dein schwarzes Loch steck.

STABSUNTEROFFIZIER Ich geh in den Busch zur Legion. Im Busch haben alle Weiber Locken. Kann ich mich endlich ausleben! Bloß weg von dem ewigen Manövertheater in Deutschland. Ich will Blut sehen! *Zum Zuhälter*: Was, lecken tust du nicht gern? Da steh ich am meisten drauf. In die Fotz schauen und lecken. Drum stehns so auf mich.

UNTEROFFIZIER Das glaub ich aufs Wort. Anders rührt sich bei dir doch hundertfünfundsiebzigprozentig nichts!

Die Animierdame beginnt lustlos mit einem Striptease. Sie steht auf der rotierenden Drehbühne.

STIMMEN Aufhören!

Sie fährt nichtsdestotrotz fort.

STIMMEN Dich, Kuh, kennen wir doch in- und auswendig.

Lachen. Sie öffnet ihr Oberteil für Augenblicke.

STIMMEN Meinst du, uns graust es vor gar nichts!

Die Animierdame rafft niedergeschlagen die schon auf dem Bühnenboden verstreuten Kleidungsstücke zusammen und verschwindet in der Garderobe.

HEINOLD/STIMME Du warst die längste Zeit hier herinnen.

Man hört Schläge und das Schluchzen Anastasias.

GAST I Wo stammt er eigentlich her, unser Erich?

GAST II *leise*: Nichts Genaues weiß man nicht. Aus irgendsoeiner Gebüschgruppe, wo die Fliegen das Christkindl derschissen haben. Gebürtiger Grafenwöhrer ist er keiner. Zugezogen. Kartuschen frühzeitig gesammelt im Übungsplatz und verschachert.

GAST I Die Würstelkette in Tschigako ist gewiß ein Gerücht.

UNTEROFFIZIER *für sich*: Der Scheiß geht halt schon los, wenn du ein Kind hast von einer. Schon bist verpflichtet. Alles verfahren und verzwickt. Der Racker soll es einmal besser haben. Schon bist im Gleis drinnen, bist aufgeschmissen. Schon ist das Leben verpfuscht. So hab ich mich beim Barras verpflichtet. Ich steig wie oft ins Auto und

GAST II Nichts Genaues weiß eines nicht. Ich hab sogar gehört, daß er einem Vorgesetzten beim Bund auf drei Schnapper die Nasen abbissen hat!

GAST I Teufel hinein!

GAST II *laut*: Erich, wir reden grad davon, daß sich einer von deinem Kaliber vermehren müßt. Mein Töchterl ist zwar erst achtzehn, aber ich kann kuppeln!

ZUHÄLTER *zum Gast II*: Das ist doch ein BMW.

GAST II Was, einen BMW krieg ich fürs Kuppeln.

ZUHÄLTER Dein Mädl ist doch ein BMW. Ein Brett mit Warzen.

GAST II Aber aufs Astloch kommts an, Erich. Aufs Astloch!

Lachen.

GAST I *leise*: Der ander hat neulich behauptet, der Heinold, daß der Erich früher Kirchenmaler war.

GAST II Wers glaubt, wird selig! denk: Fahr, fahr und komm nimmer zurück!

ZUHÄLTER *zum Unteroffizier*: Mein Kumpel vom Knast, der Toni, das ist einer. Mafiaknochen. *Zeigt mit dem Kinn auf den Rausschmeißer*: Der Betonschwanz da. Der spurt nicht so kreuzbrav wie du. Der wenn eine aufgerissen hat in der Nacht, die bringt er mit heim zu sich, du, holt seine Alte aus dem Doppelbett, hängt sie mit Handschellen im Hausgang an die Kommode und fickt drinnen im Schlafzimmer auf wie ein Geisteskranker. Daß der verheiratet ist und ein Kind hat mit der, schert den einen Scheißdreck.

UNTEROFFIZIER So hat meine auch groß nichts zum Melden, Erich. Aber hin und wieder – ich sag es, wie es ist – bin ich froh, wenn ich zu einer hinkriechen kann ins Bett und kann mich an jemand festkrallen. *Pause.*

GAST I Verarschen laß ich mich so gleich nicht. Oder gar ins Bockshorn jagen. Nie und nimmer! Neulich tut der Doktor dumm daher: Ihre Lunge, Ihre Lunge! Sag ich: Ich will eine Durchleuchtung, jetzt ist mir eh alles wurst! Nach der Durchleuchtung seh ich: lauter weiße Flekken auf der Lunge. Ich bin gesprungen vor Freud!

GAST II Ich gratulier dir, Häcksler, Prost!

GAST I Prost, Schnurrer! Und ohne meinen Kleinen hätt der Affenzirkus überhaupt gleich keinen Sinn. Ich möcht ein andrer Vater sein, wie, wie der meinige. Keine müde Mark! *Trinkt.* Die Männer haben einen langen Pipi und die Frauen einen schwarzen Popo, hat er vorhin im Bad gesagt, gell Papa.

ZUHÄLTER *macht mit spöttischem Blick auf den Stabsunteroffizier das Zeichen des in die Faust der anderen Hand fahrenden Zeigefingers*: Toni-Puppe!

RAUSSCHMEISSER *mit tiefer, voller Stimme*: Si, signore.

Die Animierdame kommt aus der Garderobe zurück, die Augen noch immer rotgerändert und die Wimperntusche verlaufen.

GAST I Geh ein wenig her zu uns. *Animierdame tut es.*

ANIMIERDAME Der Heinold, die Drecksau. Vorn schmiert er einem scheinheilig Honig ums Maul und hinten haut er dir einen Dolch ins Kreuz!

GAST II Schluck es hinunter, Staserl. *Pause.*
Du weißt auch nichts über den Erich seine Vorgeschichte? Ich weiß bloß, daß ich ihn bewunder.

ANIMIERDAME Frag ihn doch selber. Bist wohl gar ein Spitzel von der Polizei. *Im Spaß*: Ganz koscher kommst du mir nicht vor, Freund.

GAST II Als Schwiegervater …

ANIMIERDAME *laut und augenzwinkernd zum Zuhälter*: Gelt, Erich, du bist ein Studierter!

ZUHÄLTER *spaßig*: Was glaubt denn ihr! Psychologie hab ich studiert. Mein Psychiater ist heut noch in Behandlung! Dann hinein in den Bund, und Menschenführung auf Teufel komm raus! Entlassen als Leutnant der Reserve ums Arschlecken. Latein beherrscht wie aus der Pistole geschossen: Quem a laus amoris, drucks, pax bisgoris!

Lachen.

ANIMIERDAME Da hat er ein Getu mit seinen drei Brocken Latein. Ich kann auch französisch wie geschmiert.

ZUHÄLTER Aber bloß mit dem Mund.

ANIMIERDAME Freilich mit dem Mund. Redest du aber heut einen Scheiß!

GAST I Mir ist auch heiß im Mund, Anastasia. Komm, gib mir deine Hand … Ob ich ein Fieber hab, so kruzifixheiß wie mir heut wieder ist …

ANIMIERDAME *legt dem Gast I die Hand auf die Stirn.* Temperament hast, Häcksler.

GAST I *zückt, als ob er darauf gewartet hätte, ein Fieberthermometer*: Sag ich nicht, daß ich eine Temperatur hab … Meß mein Fieber, Mädchen!

ANIMIERDAME Fällt dir nichts Gescheitres ein.

GAST I Geh, wost früher ein Lysolengel warst. *Sie zögert.* Kriegst einen Blauen. *Er gibt ihr das Fieberthermometer zusammen mit einem Hunderter.*

ANIMIERDAME Für dich, Häcksler. Hab ich ewig nimmer gemacht.

GAST I Aber schön schütteln zuerst! *Mit Blick auf Gast II*: Hol nur das Quecksilber schön runter, Stasi!

Sie schüttelt unter allseitigem Lachen das Thermometer kräftig; überprüft mehrmals. Schließlich steckt sie es dem Gast I, der ihn wie ein Kind gehorsam und ohne Aufforderung öffnet, in den Mund. Sie schaut auf die Uhr.

STABSUNTEROFFIZIER *geknickt*: Am End werd ich impotent. Dann ist gleich eine Ruh. Jetzt war ich schon drei Tag hintereinander nimmer richtig geil. Ich glaub allweil, die tun in der Kasern Hängolin in den Kaffee. Die Küchenbullen!

ZUHÄLTER Mußt halt auch ein bißchen pervers werden. Schau den Heinold, den Geschäftsführer von mir, an. Dem seine verflossene Alte, die Gerti selig, haben wir zu gedritt hernehmen wollen. Aber die Gerti selig hat nicht recht gespurt in seinem Benz drinnen. Wir alle drei, der Toni dazu, hübsch Speed hintergezogen gehabt und brunzgeil wie Sau. Da hat der Heinold die Gerti selig aus dem Auto gezerrt, in den Dreck geschmissen, und wir die Gerti selig ausgelacht und vollgebrunzt. Dann hat der Heinold gesagt: So dreckig wie du daherkommst, brauchst nicht glauben, daß du meine Sitzpolster ruinierst. Zieh Leine! Verpiß dich! Wie wir auf die Nacht zum Heinold gekommen sind, war die Gerti selig noch immer ganz aufgelöst. Dagesessen wie ein Häufchen Elend, und Rotz und Wasser geheult. Da hat der Heinold Arbeitshandschuhe angezogen, hat ihr mit den Lederfingern die Tränen aus den Augen gefischt ... Die Hundspeitsche geholt vom Nagel, und hat die mit der Hundspeitsche so lange durchgewichst, bis sie – und der Hund im Zwinger dazu – gejault hat!

UNTEROFFIZIER Die brutale Sau. Mit dem gehört kurzer Prozeß gemacht!

ZUHÄLTER Du hast doch vom Tuten und Blasen keine Ahnung. Du Singerl! Die Braut ist doch auf sowas gestanden. Gerti heißt doch die nicht von Geburt an. Die Gerti selig. Das hat schon seine Richtigkeit.

Die Animierdame kommt wieder auf den Gast I zu; sie nimmt ihm das Thermometer aus dem Mund.

ANIMIERDAME 36,6! Häcksler!

GAST I *springt auf*: Leut, ihr hört es selber! Höchste Zeit, daß ich ins Bett komm!!!

Er springt auf. Das Lachen ist so heftig, daß er, grimmigen Blicks, sich von niemandem verabschiedet und eilends das Lokal verläßt. Lachen. Der Geschäftsführer kommt aus der Garderobengegend.

ZUHÄLTER *zum Unteroffizier*: Außerdem, davorn geht er ja selber, der Heinold. Gelt, Heinold. Alter Brunzer!

GESCHÄFTSFÜHRER Halt bloß die Schnauze, Erich. Sonst fang ich ein wenig das Verzählen an. Dann schlackert ihr Grünschnäbel mit den Ohren! *Zu den Unteroffizieren*: So eine Erziehung zum Gehorsam bräuchtet ihr Barrashengste auch!

STABSUNTEROFFIZIER Wer bei uns nicht spurt, spürt auch die Knute. Das darfst kläffen.

ANIMIERDAME *zum Zuhälter*: Und wann sehen wir sie wieder, deine Rose ohne Dornen?

ZUHÄLTER Wer weiß?

ANIMIERDAME *singt leise*: Rose ohne Dornen
O Maria hilf

ZUHÄLTER Heut zuwenigst waren keine Hostien um die »National«-Tür im Kreis gelegen. Neulich geht doch das Singen los und das Rosenkranzbeten.

ANIMIERDAME Gegrüßet seist Du Maria voll der Gnade, der Herr ist mit Dir, Du bist gebenedeit unter den Weibern und gebenedeit ist die Frucht Deines Leibes Jesus, den Du o Jungfrau vom Heiligen Geist empfangen hast.

GAST II Heilige Maria, Mutter Gottes, bitte für uns. Jetzt und in der Stunde unseres Todes. Amen.

ZUHÄLTER Ich meine dreißig Kalaschnikow durchgeladen, die Tür aufgemacht vom »National« und hinausgeschrien: Wenn jetzt nicht gleich eine Ruh wird, schieß ich euch die Rosenkränz aus die Pratzen. Kugel für Kugel.

GESCHÄFTSFÜHRER Aber eine Kalaschnikow hat doch nur dreißig Schuß.

ZUHÄLTER Ich red von dreißig Kalaschnikow, Kamerad.

GAST II Erich, allen Respekt!

GESCHÄFTSFÜHRER Neulich auf Frankfurt gegurkt geschwind. Im Rausch, im Rappel. Wie leergefegt der Strich. Da fiedelt der Tod, Brüder. Scheiß hinein, bin ich in eine Peepschau stolziert. Ich schon wunder wie waidwund gewichst. Alle 45 Programme hinauf- und hinuntergejubelt. Auf einmal: Zack-Peng! Zack-Bum! Tut es dir Mordsrumpler. Ein Zeterio. Ein Höllenspektakel! Hör ich zwischen Trommelschläg das Gekeif eschwanzipierter Weiber ALLE WIXER IN DEN MIXER ALLE WIXER IN DEN MIXER. Vor Schreck die Vorhaut festgezwickt im Reißverschluß. Und eine schöne Bescherung auf der Hose. Bloß weil Walpurgisnacht war. Ich fahr meiner Lebtag nimmer Walpurgisnacht wichsen!

ZUHÄLTER Die Walpurgisnacht-Weiber und die vom FRAUENKREIS MARIA GORETTI neulich draußen. Das ist eine Rass, ein Volk!

GAST II Was, der FRAUENKREIS MARIA GORETTI war da?! Da ist doch meine Alte auch dabei. Kreuzkruzifix.

Heilige Maria Mutter Gottes, mach daß ich nicht aufflieg. Aus wärs mit die sauren Züngerl. Aus. Auf lang!

STABSUNTEROFFIZIER So, habe die Ehre, Männer. Die Pflicht ruft. Bleibts sauber!

UNTEROFFIZIER Bleibts sauber!

Die beiden verlassen torkeligen Schritts das Lokal.

GESCHÄFTSFÜHRER Selber Saubär!

ZUHÄLTER Und kommts mit einem vollen Rohr wieder vom Manöver, gelt! *Zum Gast II*: So, Herr Lukas Schnurrer. Wir haben fein auch Zapfenstreich!

GAST II Zu Befehl. *Springt auf. Hacken zusammen: Gruß, Meldung, Gruß*: SS-Strumpfbandführer Schnurrer …

ZUHÄLTER *genervt*: Ist schon recht! Servus – Auf Wiedersehn!

GAST II Aber vorher, Erich, mußt geschwind schauen, ob der FRAUENKREIS MARIA GORETTI heut wirklich nicht draußen ist.

ZUHÄLTER Schnurrer, Abflug! Sonst werd ich ungemütlich.

Der Gast II schleicht hinaus. Alle, außer Zuhälter und Geschäftsführer, die am Tresen Whiskeys kippen, haben das Lokal verlassen. Allein die Animierdame stellt die Stühle auf die Tische, räumt die Gläser weg …

ZUHÄLTER Servus überhaupt, Heinold. Alte Schleimviper!

GESCHÄFTSFÜHRER Selber Schlammsau, Erich. Old Schmetterling!

ZUHÄLTER Was drehst du gar so auf. Wir haben doch jetzt kein Publikum.

GESCHÄFTSFÜHRER Bin immer auf hundertachtzig Blutdruck.

ZUHÄLTER Du, die Ding lamentiert wieder, die Anastasia, daß ihr die Fotz so wehtut. Seit du wieder heraußen bist aus dem Knast.

GESCHÄFTSFÜHRER Ich fick die schon seit Urzeiten nimmer. Ich fick fort ihr Töchterl: Schokoladenmöse, Pantherfigur.

ZUHÄLTER Und die Gerti hat jetzt eiskalt Aids. Ist in einer Klinik wo in Regensburg. Zaundürr …

GESCHÄFTSFÜHRER Die hab ich doch gefickt um achtzig rum.

ZUHÄLTER Ich, ich doch auch. Scheiße! Was hab ich für Ladungen in der ihren Arsch getrommelt. Die ist dir vom Fleisch gefallen. Ein Mädchen, wo unter KZlern nicht heraussticht! Ehrenwort.

GESCHÄFTSFÜHRER *mit spöttischem Blick auf Anastasia, wie stets, wenn von ihr die Rede ist*: Dann kanns die Anastasia nicht haben.

ZUHÄLTER Die wird fett durchs Süffeln. Aus Frust.

GESCHÄFTSFÜHRER Die weiß, daß ich ihren Punkkrüppel fick. Ihren Bastard, ihren geilen. Neulich soll ich sie von der Schwesternschul holen in Cham. Von der Anastasia aus. Da bin ich doch King in Cham unter Koks! Weil wenn sich die Anastasia ein Wort sagen traut, hau ich sie endgültig zum Teufel. Und ihren Bastard zeig ich an, weils dealen will mit Spitzen-H.

ZUHÄLTER So ein Krüppel gehört sich gefickt, bis er vor sich selber erschrickt.

GESCHÄFTSFÜHRER Bettüberzüg zu Weihnachten hab ich gekriegt. Rosa Überzüg aus Seide. Und Liebessprüch hat sie draufgestickt aus der BILD, die Anastasia. Aufs Kopfkissen. Sag ich: Liebe ist … Liebe ist … Liebe ist eines gewiß nicht: Rosa! Wir sind doch keine Schwulen. Tu das rosa Zeug runter. Nein, nein, nein. Tu ich dir eine Tafel Schokolad über Nacht in ihr Bett. Sieht sie nicht in ihrem Surrer. Erster Weihnachtsfeiertag – Punschrausch total! In der Früh ist das Bett wie Sau. So hab ich sie aus der Wohnung gehaut. Samt Bettwäsch. Und noch mordsscheinheilig getan: Zuerst schenkst mir so ein schönes Bettzeug, Staserl. Dann scheißt es in der zweiten Nacht gleich voll!

ZUHÄLTER *zur Anastasia, die bis jetzt – scheinbar teilnahmslos – den Tisch gereinigt hat und Gläser gespült:* Guten Abend. Gut Nacht! Sei froh, daß du ihn los hast, den Heinold!

GESCHÄFTSFÜHRER Ich muß doch dein Töchterl erziehen. Bis es wieder normal wird. Eine Glatze ist doch Scheiße für so ein blutjunges Ding. So ein Hahnenkamm! Zu dem Zweck hab ich sie hierher bestellt. Müßt jeden Augenblick aufkreuzen. Keine Sorge, dein Töchterl, die machen wir schon wieder katholisch.

ZUHÄLTER Und wenn der Heinold ihrer nicht Herr werden sollt, spring ich ein ... Das müßt schon mit dem Teufel zugehen, wenn wir die nicht ins Geleis zurückkriegen ...

Anastasia, die bislang unbeteiligt tat, stürzt sich nun auf Heinold, ein Küchenmesser in Händen. Der Zuhälter weidet sich an der Verfolgung; an der Feigheit Heinolds.

ZUHÄLTER Schneid ihm ruhig seinen Weihwasserschlauch ab, dem Schweinepriester!

Als Anastasia den Geschäftsführer jedoch hinter der Theke in die Enge getrieben hat, hält der Zuhälter Anastasia von hinten fest. Heinold schlägt ihr ins Gesicht; heftig, mit dem Handrücken. Das Messer fällt zu Boden. Der Zuhälter hebt das Messer auf, fuchtelt damit vor Anastasias Hals herum.

ZUHÄLTER Das weißt doch, Anastasia. Stechen tu ich!

Er gibt ihr eine kräftige Ohrfeige. Sie sinkt zusammen.

GESCHÄFTSFÜHRER Das kannst, Huren zusammenhauen!

ZUHÄLTER Bring sie bloß weg. Deinen Putzlumpen.
GESCHÄFTSFÜHRER Wer bin ich …
ZUHÄLTER Weg mit dem Häufchen Elend und anständig vollgepumpt. Sonst kreuzt sie noch auf mit den Bullen!
GESCHÄFTSFÜHRER *bückt sich*: Hat Wehweh? Solls Heinerl blasi blasi?

Er nimmt sie, die unter Tränen jammert, in die Arme und trägt sie durch den Hinterausgang hinaus. Der Zuhälter geht kopfschüttelnd zur Jukebox, drückt: »Moonlight Shadow« von Sally Oldfield. Dann schenkt er sich Whiskey ein, hinter der Theke. Nach einigen Schlucken sperrt er die Kasse auf.

ZUHÄLTER Ich trau ihm nicht, dem Saukrüppel. *Zählt Geld*: Das Geld hier kommt nicht vom Saufen allein!

In diesem Augenblick kommt zur Lokaltüre ein Mischlingsmädchen herein; mit rotem Irokesenkamm, in zerfetzter Lederjacke und in zerschlissenen Jeans. Ihre Ohrläppchen sind von Stecknadeln durchbohrt.

IROKESENMÄDCHEN Oho. Ihi. Bei diesem Lied bin ich – Frau geworden.
ZUHÄLTER Du … Schau dich doch an. Du gehörst original auf Thailand ins Hühnerpuff. Ich kenn mich aus in der Welt: Wenn es einem kommt, wird dem Huhn der Kopf abgehackt. Daß ein wenig eine Bewegung ins Spiel kommt …
IROKESENMÄDCHEN Mir tut das Herz weh. Hab eine Ratte kastrieren müssen in Wunsiedel.
ZUHÄLTER Warst am Heßgrab, Hurenkrüppel! Gibs zu: Los, los, los!
IROKESENMÄDCHEN Ich bin keine Skin-Sau, Mann! Wo die Bullen mit Sieg Heil grüßt!
ZUHÄLTER Das glaub ich bloß, wenn ich von dir ein neues H krieg. Wie der Heinold.

IROKESENMÄDCHEN Du träumst. Es gibt kein new-es H. Es ist bloß das alte, gestreckt wie Sau.

ZUHÄLTER Du bist doch rotzzu. Du darfst von Glück reden, wenn ich dich wieder nüchternfick, Negerkuh.

IROKESENMÄDCHEN Haha – Ich bin ein Skorpion und hab Klitoris im Aszendent.

ZUHÄLTER Müßt schön blöd sein und tät mich drei Stunden abmördern auf so einem Bastardkrüppel. Du mit deinen Scheißnadeln. In den Ohrwatscheln. *Er setzt an, sie, anfangs im Spiel, zu bedrohen*: S t e c h e n steht mir zu. Und noch dazu mit einem Neger als Vater. Wo die Anastasia blödgefickt hat vor Vietnam. So ein schwarzer Teufel, wo Blondinen schwängert. Pervers durch und durch. Einmal ist er noch gekommen. Einmal. Hat er Sonderurlaub gekriegt für dreißig Vietcongohrwatschel. Dreißig linke. Kurz drauf haben sie ihm im Dschungel sein Orangutanhirn gar herausgeblasen. Sonst tät eine ganze Herd blonder Negerweiber herumstinken in Grafenwöhr.

IROKESENMÄDCHEN Bin nicht blond, hab rote Haar … Wunderbar …

ZUHÄLTER *verfolgt sie nun im Ernst, ringt sie stumm zu Boden, zückt ein Feuerzeug*: Das werden wir gleich sehen. *Das Feuerzeug flammt auf*: Gib zu, daß du am Heßgrab warst!

IROKESENMÄDCHEN Du spinnst!

Er fuchtelt mit dem Feuerzeug an ihrem Haarkamm herum und setzt die Spitze ihres Haarkammes in Brand. Dabei pfeift er die Melodie des Böhmischen-Granaten-Schlagers.

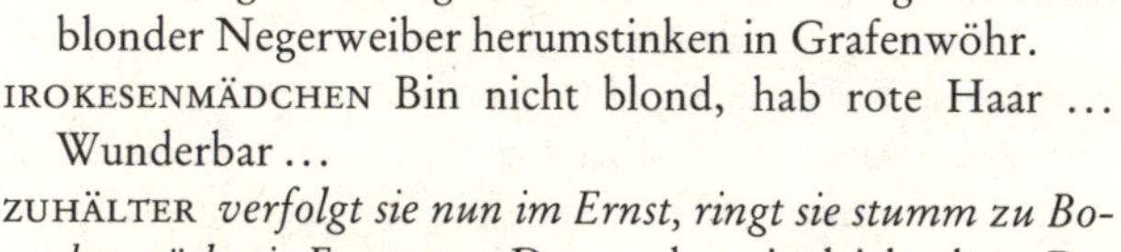

IROKESENMÄDCHEN In Gottes Namen.
ZUHÄLTER Und ...
IROKESENMÄDCHEN Und was?

Zuhälter löscht die Flamme und beginnt, über sie herzufallen.

ZUHÄLTER Und?! Ob dich einer gefickt hat von drüben? So eine Nazisau, will ich wissen, so eine junge?
IROKESENMÄDCHEN Du Drecksau ...

Er zündet ihre Haarspitze erneut an.

ZUHÄLTER Wie er dich gefickt hat, Sau. Sag schnell, sonst ...
IROKESENMÄDCHEN ... Ah ... Geil. Geil wie du, Erich. Saumäßig! Hat mir lauter so, so kleine rotierende Hakenkreuzlein in den Bauch geschossen ...
ZUHÄLTER Kommt besser! Und weiter ...
IROKESENMÄDCHEN Und ich hab dir lauter so Krüppel auf die Welt gebracht. Und die sind dann eiskalt ins Feuer geflogen ...
ZUHÄLTER *schreit*: A-uuu, Mistsau! Dir schneid ich die Gurgel durch! *Er springt auf, hält sich das Auge zu*: Du mit deinen Elendsnadeln!

Sie nimmt schleunigst Reißaus. Er hinterher. Der Zuhälter, der aus dem linken Auge übers gesamte Gesicht blutet, stürzt gegen die Jukebox. Abermals erklingt: »Moonlight Shadow« von Sally Oldfield.

VORHANG

II. AKT

Zwei Wochen später im NATIONAL.

Die Gefreiten I-IV als Ausscheider in Reservistenmontur: Auf dem Kopf Reservistenhüte mit Pfauenfedern, deren jede ein mitvollzogenes Manöver symbolisiert; außerdem zieren Plastiksoldaten in Plastikkasernen auf Plastikpanzern, en miniature, die Hutdeckel.

Am Körper tragen die Gefreiten sogenannte Reservistenhemden mit aufgenähtem Bundesadler, aufgenähter Bundesflagge sowie aufgenähten Zielscheiben; das Hemdweiß ist außerdem überfüllt von Kameradenunterschriften in allen Farben.

(Auch kann der Vorgang des Unterschreibenlassens auf die Animierdamen/auf die übrigen im Lokal Anwesenden ausgedehnt werden. Mit jedem, der unterschrieben hätte, würde angestoßen werden.)

Der Gefreite IV hat überdies einen olivgrünen Seesack bei sich. Das Mädchen Puppe bedient anfangs und zwischendurch. Die Animierdame ebenfalls, sofern sie nicht an einem der Tische Platz nimmt.

Die Gefreiten wieder im Vordergrund links. In der Mitte Stabsunteroffizier und Unteroffizier. Rechts Zuhälter und Geschäftsführer. Die Gäste an Tischen im Hintergrund. Der Gast II später am Tisch rechts im Vordergrund.

Der Zuhälter trägt links eine schwarze Augenklappe. Die Animierdame trägt nach wie vor ihr rotes Halstuch.

UNTEROFFIZIER *zur Puppe*: Hast wohl auch gekündigt in der Fabrik? Ich hab ja in der Fabrik schon ein wenig ein Auge geworfen auf dich.

PUPPE Drum hast soviel Würst verwürzt.

UNTEROFFIZIER Ich hab halt gedacht: Alles hat ein Ende, nur die Wurst hat zwei. *Sie lacht überheblich. Er, heftig:* Geh, zupf deine Titten ein wenig heraus, hupf ein wenig nackig herum ... Daß sich was spießt, hier herinnen! Wir kommen doch allesamt *mit Blick auf die Gefreiten:* mit einem vollen Rohr vom Manöver.

PUPPE Du, das tät dir so raushängen. *Pause.*
Was treibt der Otto. Ist er leutscheu geworden?

UNTEROFFIZIER *vertraulich:* Der dumme Hund, der hat durchgedreht. Zwölf Jahre hat er sich, seit es aus ist mit dir, weiterverpflichtet. Auf Manöver. Jetzt ist er Zwölfender, die perfekte Zett-Sau. *Trinkt.* Der wird die Augen verdrehen, wenn er dich hier sieht als Hur! Zwölf Jahre – Totale Kopfschußlage!

Er macht, indem er Daumen und Zeigefinger der rechten Hand an die Schläfe führt und der Zeigefinger gestreckt bleibt, während der weggespreizte Daumen einen zuschnappenden Revolverhahn nachahmt, das Kopfschußzeichen. In diesem Augenblick betritt der Stabsunteroffizier das Lokal.

UNTEROFFIZIER *provokativ laut:* Geh, Puppe, zupf deine Titten heraus. Könntest ein bißchen blasen, schlucken, aufessen.

Der Stabsunteroffizier kommt an die Theke, starrt Puppe perplex an. Anastasia kommt aus dem Hintergrund; sie erfaßt die Situation und schmiegt sich an den Stabsunteroffizier.

ANIMIERDAME *mit unnatürlicher Stimme:* Magst mir zuschauen? Dann trinken wir ein Sekterl im Separée, dann hast die Geschichte *deutet mit dem Kinn auf Puppe:* gefressen. Paß auf, da geht dir dein Jesus ab wie eine Raketen …

STABSUNTEROFFIZIER *zur Animierdame*: Hast dus nicht gehört: Blasen, schlucken, aufessen ist die Parole! *Mit Blick auf Puppe*: Das ist doch. Das ist doch die reinste Gehirnnahrung für so blöde Küh wie euch zwei!

ANIMIERDAME Gehirnnahrung, das ist was ganz was andres. Tu dich nicht versündigen. Früher, als ich noch gläubig war, bin ich als Krankenschwester zur Kommunion gegangen in Nürnberg, allein unter Kranken in der Spitalkapelle. Ein Bub hat unter Morbus Cron gelitten. Seine Mutter hat Brustkrebs gehabt. Ihre Herzbrust war weggeschnitten und ihr Körper übersät mit Geschwüren. Und ihr Bub hat plötzlich einen Abszeß gekriegt über der Magengrube. Durch das Loch ist die Dickdarmflüssigkeit gedrungen. Ich hab ihm fort den Zipfel gewaschen, die Kacke herunter. Der wollt direkt sterben. Ich aber hab ihn gefüttert: Einen Löffel für die Mutti, einen Löffel für den Vati, einen Löffel für das liebe Jesulein … Der war verliebt in mich. Drum hat er auch Tabletten genommen, wie er mich gesehen hat mit meinem schwarzen Freund im Spitalpark. Der Jim selig auf Vietnam zurück. Ist gefallen in Vietnam. Ich aber bin hochschwanger geblieben in Nuremberg. Hab im Nachtdienst auch keine Kröten gesehen. Wie soll ich das Kind in die Höh bringen? Die Ärzt immer Rotlicht gemacht drinnen im Operationssaal und drauflosgevögelt. Und ein Doktor verdient halt ein wenig anders wie ich Kirchenmaus von Krankenschwester … *Für sich*: Und der Oberschwester hat es mordsgestunken, daß ich nichtsdestotrotz weiter zur Kommunion gegangen bin …

UNTEROFFIZIER Ich bin gerührt. Wer dich anschaut, ist kuriert. Von der Geilheit!

ANIMIERDAME *fällt dem Stabsunteroffizier um den Hals*:

Zieh meinen Sprechstrick, Geliebter! Blas meine Brüste auf, damit du mein Herz schlagen hörst. *Der Stabsunteroffizier tut es verdutzt; als ob er in Trance wäre.*
Ich träum immer, meine Brüste sind wie Weinberge. Katzenaugen leuchten im Gewitter grün. Forellen springen aus die Flüss, bevor ein Erdbeben eintritt ... Ich träum, daß im Mondlicht alles, was Männer verloren haben in mir, glitzern tut wie lauter Quecksilber: Die Bäum, die Büsch und die Disteln ... Ach, sind dir die Disteln wunderschön, und überall Rauhreif ... Und in der Nacht, wo meine Mutter selig auf dem Totenbett gelegen ist, hab ich all den Rauhreif verzaubern dürfen in Silber. Allmächtiger, war das schön!

Sie stürzt hinaus.

GEFREITER I Neue Lage?
GEFREITE NULL. N-U-LL!!!
GEFREITER I Ich liiieeebe düüüüüüüünne Beieieieieieieine. Ein Knochen und ein bißchen Haut dran, das haut mich am meisten hinauf.
GEFREITER IV Unser guter Major wird grad heiliggesprochen. Unser Silbergeier mit Ast hat seit dem Manöver einige Tote auf dem Gewissen. Sechsunddreißig Stunden auf Achse, kriegsmäßig im Führerhaus: Gasmarie vor der Fotze, alle Löcher offen. Ununterbrochen am Steuer. In eine Colabüchse geschwind pissen! Da hagelts Unglücke. Arschklar. Vor meinen Augen sind vier Mann beim Panzerverzurren auf Güterwaggons, wie die Panzerantenne gegen die Stromleitung gepeitscht ist, auf metergroße Zwetschgenmännchen geschrumpft. Weil die Bundesbahn nicht Befehl erhalten hat, den Strom frühzeitig abzustellen. Teufel, Teufel!
STABSUNTEROFFIZIER *lauthals*: Mann, sind Sie wahnsinnig

geworden! Ich zeig Sie an. Sie werden Ihrer Lebtag nimmer froh! Nichts als bodenlose Lügen!

GEFREITE NN-UU-UU-UU-LL!!
Prost, Prost, Kamerad!
Prost, Prost, Kamerad!
Prost, Prost, Prost,
Prost, Prost, Prost, Kamerad!
Wir wollen einen heeben!
Wir wollen einfach leeben!

STABSUNTEROFFIZIER *dessen Wut sich jetzt gegen den Unteroffizier richtet. Mit imponiersüchtigem Blick auf die Gefreiten*: Der deine ist eh müßig wie ein Kropf!

UNTEROFFIZIER *tut, als hätte er diese Bemerkung nicht gehört. Zur Puppe*: Geil wär ich dir, ich wichsert dir alle Gläser voll. *Zeigt auf die gespülten Gläser*: Was hast überhaupt für einen Tarif im Separée?

PUPPE Schau, daß du dich schleichst, Schleimscheißer. *Der Unteroffizier nimmt sein Bierglas vom Tresen, nimmt beim Stabsunteroffizier Platz.* Der tut, als hätten wir schon Säue gehütet miteinander.

STABSUNTEROFFIZIER *nachhakend*: Horch her, du kannst deine Alte waschen und zu mir bringen. Ich bevölker dir ein ganzes Viertel. *Grinst*: Das heißt, d e i n e Alte muß es nicht um jeden Preis sein.

UNTEROFFIZIER *mit Blick auf die ausgelassenen Gefreiten*: Und wenn ich deine Verflossene hinaufstechen tät oder deine Künftige, falls du je wieder eine kriegst, dann könntest sie hinterher wegschmeißen.

STABSUNTEROFFIZIER Und du müßtest der deinen Essigumschläge ums Loch machen, daß es sich wieder auf die Größe von deinem Herzjesupimmel zusammenzieht!

UNTEROFFIZIER Da haben sie Mordstrümmer Ruten und werden über ihre Alten nicht Herr!

STABSUNTEROFFIZIER Du wirst deinen Bierzipfel halt in jedes Astloch zwängen!

UNTEROFFIZIER Alles Technik. Heutzutage in der Liebe. Auf Technik läuft alles hinaus!

STABSUNTEROFFIZIER In so ein Becken, wie das von deiner wampigen Alten, tät ich nicht ums Verrecken hineinzipfeln. Da kannst Gift drauf nehmen. Samt deiner Alten!

UNTEROFFIZIER Und du mit deinem Cola-Gemantsch von Schwanz. Du wirst halt so einen Negerzipfel drinnen haben. Nicht so groß, aber genauso dreckig!

STABSUNTEROFFIZIER Wart nur, bis ich ihn dir hineinschopp. Dann reiß ich dir das Arschloch auf bis zum Stehkragen. *Pause.*
Du brauchst die Augen jetzt nicht verdrehen und in der Luft herumfuchteln wie so ein Mongolese. Wie so ein Narrischer!

UNTEROFFIZIER Wie ein Mongole meinst. Dummschiff, dummes. *Trinkt.* Und das eine flüster ich dir: Noch ein Wort über meine Frau, und ich brech dir das Genick.

STABSUNTEROFFIZIER Hat dich der Spieß wieder zur Sau gemacht. Die Mutter der Kompanie?

UNTEROFFIZIER Es stellt sich nicht ein jeder so mit dem Spieß. Zumal, wenn der Major ein Freund der Familie ist. Weil du gar so sein Arschkratzer bist, wirst halt ein Hundertfünfundsiebziger sein.

STABSUNTEROFFIZIER Ich hab keine Verbindungen geerbt. Ich muß ein wenig schleimen fürs Vitamin B. *Spöttisch:* Aber dein Ast ist ja jetzt brochen, sofernst nicht auch ins Irrenhaus wanderst … Dort könnt der Major wieder ein gutes Wörtchen für dich einlegen …

UNTEROFFIZIER *demonstriert es:* Wos dem Spieß juckt, kratzt du.

STABSUNTEROFFIZIER Und du, Kerl, kratzt gleich ab.

UNTEROFFIZIER Wenn es hart auf hart geht, machst du keinen Zucker mehr.
Das eine steht fest: Wer dich in der Früh grüßt, grüßt einen Hundertfünfundsiebziger!

STABSUNTEROFFIZIER Geh, wenn heut ein Krieg ist, kriegt doch ein Vorgesetzter wie du als erster dezent eine Kugel in den Hinterkopf. Und zwar aus den eigenen Reihen! So ist der Krieg.

GEFREITE NULL NNN---UUU---LLL

ZUHÄLTER *der sich während der letzten Dialoggefechte hinzugeschlichen hat*: Schlagt ihr zwei euch selber die Schädel ein, oder muß ich eine Schaufel holen und euch zwei das Hirn heraushauen?

Stabsunteroffizier und Unteroffizier knurren in sich hinein.

UNTEROFFIZIER *Zeigt auf den Stabsunteroffizier*: Was ein schwuler Arsch so spricht, das hören meine Ohren nicht.

STABSUNTEROFFIZIER *muß lächeln*: Das, was du daherstotterst, das ist doch mir so wurst, wie wenn in Peking ein Fahrrad umfällt!

GEFREITE NULL NNNN----UUUU----LLLL!

Der Gast I kommt wieder mit Krücke, jedoch noch gebrechlicher und verkommener, ins Lokal. Alle rücken zur Seite oder fächeln sich mit der Hand frische Luft vor die Nase. Der Gast I nimmt im Hintergrund alleine an einem Tisch Platz. Der Gast II nimmt sein Bier und will ihm Gesellschaft leisten. Er sitzt auch kurz dort, kehrt aber gleich wieder an seinen früheren Platz zurück.

GAST II Häcksler, nichts für ungut.

GAST I *winkt ab*: Ich weiß ja. Ich weiß. Nicht einmal mein Hund hält es mehr aus mit mir. In einem Zimmer. Zum Glück hab ich zwei. Eines für den Burschi und eines fürs

Herrli. Kruzifix, Kruzifix. *Er zündet sich eine Zigarette an: Rothhändle.* Ein Bier!

Die Animierdame bringt das gewünschte Bier. Er zahlt so, daß man den Tausendmarkschein im Geldbeutel sieht.

GAST II *über die Distanz hinweg:* Das ist aber nicht schön vom Burschi. Der Rex wie der Jesus. So treu! Prost, Häcksler.

GAST I Prost!

Sie trinken.

GAST II Der Gestank kommt vom Mundhöhlenkrebs, nicht von dir, Häcksler. Und der Mundhöhlenkrebs kommt durchs schlechte Reden über die Weiber. Glaub, was ich sag, Häcksler!

GAST I Hab immer die Wahrheit gesagt, Lukas.

GAST II Aus der Fotzen jedenfalls stinkst wie der Teufel!

Gelächter.

GAST I Kannst mich auch am Arsch lecken, du Kruzifix!

GAST II Heut ist der Schokolad so billig. Heut nicht.

GAST I Wer liebt mich noch? Wer küßt mich jetzt?

GEFREITE NULL NUUUUU-----LLLLL!!!!!

GEFREITER IV Der Major geht mir nicht aus dem Kopf, wie er gewettert hat, weil nicht alle tot gespielt haben.

GEFREITER III Mich hat er zusammengestaucht, weil ich beim Atomtodspielen nicht ein glückliches Lächeln im Gesicht gezeigt hab.

GEFREITER IV Da wird er doch melancholisch, wenn er Soldaten im Dienst sieht, die nicht glücklich ausschauen. Du guter Gott.

GEFREITE NU-NU-NU-NU-NU-NU------UUUUUU------ LLLLLL!!!!!!

PUPPE Die müssens aber gescheit dahergefickt haben auf Manöver, unsere Barrashengste. Da kennen sie sich nicht mehr. Da drehen sie durch oder sind nahe am Narrischwerden!

STABSUNTEROFFIZIER *zur Puppe*: Lieber laß ich mich vom Bund ficken, als von jedem x-beliebigen Drecksack.

UNTEROFFIZIER *zum Zuhälter*: Das stinkt ihm am allermeisten, daß du ihm sein Pupperl ausgespannt hast. Da kriegt er sich nicht mehr.

ZUHÄLTER *zum Stabsunteroffizier*: Weißt, Otto, da muß man halt was hineinstecken, in so ein Weiberl. *Zur Puppe*: Geh, Puppe, komm einen Sprung her. *Sie kommt.* Gib einmal schön das Pfoterl. *Sie gibt ihm die Hand. Am Armgelenk schillert ein teures Armband. Zum Stabsunteroffizier*: Da schau her! Reiß deine Glotzer auf. Achttausend hab ich springen lassen.

GAST II *leise*: Kronen. Achttausend Kronen. Saubilliger Granatschmuck.

GAST I *In sich hinein*: Wenn ich heut noch im Lotto gewinnen tät, ich tät eine Million spendieren für Stacheldraht. Daß sie die Scheißgrenz wieder zumachen!

ZUHÄLTER *zur Puppe*: Das kannst auch verkaufen. *Ironisch*: Wenn du wirklich auf Indien willst. Aber wenn du bei mir bleibst, kriegerst von mir zu Weihnachten ein Halsband mit original Böhmischen Granaten! Puppe, ist das ein Wort?! Das ist mir mei Puppi schon wert. *Zum Stabsunteroffizier*: Da muß sich doch einer von deinem Kaliber auf hundert Jahr verpflichten.

GAST II Erich, daß du mir imponierst, das weißt

Naja, deswegen läuft die Scheiße auch nicht berg-

schon. Du sagst es dem Schaller gerade ins Gesicht, wie es ausschaut heutzutag auf der Welt.

GAST I *für sich*: Ich sag es jeden Tag: Das Geld und das Weiberloch führen eiskalt das Regiment auf der Welt!

auf, Schaller. *Zu Unteroffizier und Puppe*: Aber jetzt muß ein End sein. Jetzt haben wir den traumhappigen Schaller lange genug hinaufgeschossen. Geh, Puppe, bring deinem Verflossenen eine Flasche »Gorbatschow«. Auf Kosten des Hauses! Unser aller Ultraschaller!

Puppe tut dies; alle stoßen an. Der Stabsunteroffizier trinkt gleich mehrere Gläser hintereinander.

Der Geschäftsführer Heinold kommt aus dem Hintergrund. Der Zuhälter springt zackig auf und grüßt mit Sieg Heil.

ZUHÄLTER SS – Servus Sau!

GESCHÄFTSFÜHRER *erwidert den Gruß*: Heil Hitler – Drei Weiber, sechs Tittler!

ZUHÄLTER Heil, mein Geschäftsführer!

GESCHÄFTSFÜHRER High, »National«-Gott!

ZUHÄLTER Ah, da kommt er heraus aus seinem Loch, unser Heinold. Spezialist für ejaculatio pressacks. *Zu Anastasia*: Da schaust, wie ich Latein beherrsch!

ANIMIERDAME Ich hab heut was von einem Hundepsychiater gelesen in der BILD, der hat einen Boxerhund behandelt. Weil der Boxerhund hat Jägerlatein beherrscht. Unter Hypnose!

Lachen.

GESCHÄFTSFÜHRER Quatschts doch keinen Quatsch. Was ist denn das? Eiopopeio?! Oder wie oder was hat er gesagt, der Herr Depp?

ZUHÄLTER Ich mein ja bloß, daß du heut arg früh auf die Nacht kommst.

GESCHÄFTSFÜHRER Ich komm heut spät, Idiot. Aber mir kommt es früh.

ZUHÄLTER Weil du im Kopf fort ultrageil bist! Ohne Koks...

GAST II Wie, wie? Ich möcht auch mitkommen!

ZUHÄLTER Schnurrer, was treibst denn du, daß dir dein Glück nicht zu früh herausschießt?

GAST II Jetzt, jetzt komm ich mit. Jaaa. *Trinkt und schaut sich räuspernd in die Runde*: Ich denk allweil an den Krieg bei der Gelegenheit. Und erst kurz vor dem Zusammenbruch an die ukrainischen Weiber.

Alle brüllen vor Lachen.

GESCHÄFTSFÜHRER Neulich, Erich, hab ich meinen Punkkrüppel gefickt auf Koks. Und dabei an dich gedacht! *Zuhälter wird starr. Zu den übrigen*: Ich hab ja schon immer gewußt, daß der Erich ein Halbblinder ist. Aber jetzt sieht es ein jeder!

ZUHÄLTER *drohend*: Ein Wort noch, und es war dein letztes im »National«. Und deine Scheißpunkfotze bring ich um! Du!

GEFREITE Prost, Prost, Kamerad!
Prost, Prost, Kamerad!
Prost, Prost, Prost, Prost, Prost, Prost, Kamerad!
Auf unsern Schnurrerpapa!

Sie trinken sich zu.

GEFREITER III *singt in Schnadahüpferlmanier*:
Was liegt auf der Wiesen,

So still und so stat?
Ein Rehkitz, ein Rehkitz.
Der Kooopf ist abgmaht!

GEFREITE Holladrihi
Holladriho
Holladrihoppsassa!

ZUHÄLTER Das klingt, wie wenn einem eine Kuh ins Ohr scheißt.

GESCHÄFTSFÜHRER Von denen hat doch jeder einen Rausch im Gesicht wie tausend Russen!

STABSUNTEROFFIZIER *zum Unteroffizier*: Das war jetzt der große Fick schon wieder. Prost. *Sie stoßen an mit Wodka »Gorbatschow«*. Jedenfalls hat mich die Natur auf Manöver hinaufgehaut wie Sau.

UNTEROFFIZIER Ist doch eine Mordsgaudi jedes Mal: auf Staatskosten in der Botanik herumeiern!

STABSUNTEROFFIZIER Kein Schwein weiß, was Krieg ist im Grunde. Was überhaupt ist, wenn Krieg ist ... Aber jeder Bauer ist sauer, wenn ihm ein Panzer den Acker aufreißt. Gelt, Schnurrer!

Der Gast II schaut, als ob er Verdacht schöpfte. Der Stabsunteroffizier grinst, kippt ein weiteres Glas Wodka. Schenkt sich ein.

STABSUNTEROFFIZIER *zum Unteroffizier*: Ich reiß mir, unter uns gesagt, auch keinen Fuß aus, drinnen im Dienst, tagsüber! Das darf man nicht so eng sehen, das Ganze.

UNTEROFFIZIER Das tut auch keiner. Dienst am Schnaps ist das, Rausch um Rausch. Prost!

STABSUNTEROFFIZIER Prost. *Sie stoßen an.*
Intergalaktisch muß man das sehen. Zum Glück ist der Ami seinerzeit SDI-mäßig hart geblieben. Seither geht dem Iwan der Arsch, und er kriecht zu Kreuz!

GEFREITE N-U-L-L NNNNNNN-------UUUUUUU-------LLLLLLL!!!!!!!

UNTEROFFIZIER *unbeirrt*: Mir soll es wurscht sein. Solange ich meine Kohle krieg, sahn ich ab in dem Sauladen. Ob da der Schwarzkohl dran ist. Oder der König Ludwig.

GAST II So ein kleiner Hitler müßt wieder ans Ruder. So klein. *Zeigt Fötusgröße durch Handabstand.*

STABSUNTEROFFIZIER *unbeirrt*: Ist ein Job wie jeder andre auch. Und Ordnung muß überall ein wenig herrschen. Einordnen mußt dich auch draußen auf Schritt und Tritt, in der freien Wirtschaft. Auch wenn sie tun wie die Krösus, kriechen und schleimen sie genauso im Grunde und haben ihren Fick.

UNTEROFFIZIER Allweil hockt ein Arsch über dir und scheißt dir auf den Kopf. Wer was anders sagt, ist nicht gescheit im Kopf.

GAST II Beschissen wirst heutzutag hinten und vorne. *Leise*: Ein so ein Sekterl acht Mark. Und so ein supersexy Sekterl im Separée gleich achtzig. Ich sag nicht mehr! Ich brauch nicht viel Benzin.

STABSUNTEROFFIZIER Die Kohle muß halt stimmen. Da hilft einmal alles nichts. Da heißt es hart sein: Die Zähne zusammenbeißen und das Gehirn beim UVD abgeben!

GEFREITER III *trunken*: Ich bin der härteste gewesen im Härtetest, schwanztechnisch! *Zum Stabsunteroffizier*: Ich tät mir als Zwölfender selber den Plattschuß geben. Weißt überhaupt, wieviel Tag wir noch haben?

GEFREITE NULL NNNNNNNN--------UUUUUUUU--------LLLLLLLL!!!!!!!!

ZUHÄLTER *zum Heinold*: Was tätst, wenn ich dich zum Teufel hauen täte?

GESCHÄFTSFÜHRER Wieder sägen.

ZUHÄLTER Du sägst dich noch zu Tod!

GESCHÄFTSFÜHRER Da tät ich mir gepflegt einen Finger absägen. Zwanzigtausend!

ZUHÄLTER Das erkennen sie! Weil der, wo sich mit Fleiß was absägt, zuckt im letzten Augenblick zurück. Und der Schnitt ist krumm!

GESCHÄFTSFÜHRER Ich zuck nicht!

ZUHÄLTER Und wenn dir die Schmier dahinterkäm, daß ich ein paar Küh stehen hab bei dir auf der Weiden?

GESCHÄFTSFÜHRER Da mußt halt ein paar Schmierlappen parat haben. Ich wenn herausgewunken werd zu einer Verkehrskontrolle und ich hab gehörig getankt und der Führerschein wird verlangt, dann leg ich allweil dezent einen Hunderter in die Führerscheinmappe. Der liegt dann einfach so drin. Der liegt dann meistens nimmer drin, und ich kann abdüsen.

GAST II Wer schmiert, der führt!

ZUHÄLTER Ein Kunde von mir *führt seine Daumen an die Nasenlöcher und zieht Luft ein*: ist bei der Military Police: Die Betrunkenen ausrauben ... Die gesamte MP-Station strotzt vor Rauschgift. Gegiftelt wird in einer Tour ... Parasitenvolk, das verschissene. Da heißt es immer: Ein Polizist darf keine persönliche Rache nehmen. Das ganze Polizistengeschwerl nimmt eine einzige Rache an mir. Weil sie immer noch die Fotzen vollgekriegt haben. Einmal. Ein ganzer Tisch Bullen im »National«. Ich bin bloß noch dagestanden und hab überlegt, wie ich fix auf die Tischplatte hinaufspring und hau sie ringsum mit Elfmetern hinab! Als ob sie unbewußt meine Macht gespürt hätten, sind sie instinktiv aufgestanden. Gezahlt, gegrüßt und gegangen. Ha!

GESCHÄFTSFÜHRER Tätest nicht wieder Kirchen weißen wie früher?

ZUHÄLTER Die von der Kirchen können mich kreuzweis.

GAST II Ein Künstler ist unser Erich auch noch. So ein Kruzifix!

ZUHÄLTER Die blinden Bremsen da!

GAST II Weißt du überhaupt, Erich, warum die Blinden so gerne Mohnsemmeln essen? *Der Zuhälter schüttelt, leicht genervt, den Kopf.* Weil da stehen allweil so schöne Geschichten drauf!

Heftiges Lachen.

ZUHÄLTER Obwohl, das ist ja durchaus ein Bild für Götter: Wenn beim Kirchenweißen so die Heiligen auf den Kirchbänken flachliegen ... Einem Herrgott hab ich einmal einen kinderkopfgroßen Nasenpopel heraus. Durch den ewigen Weihrauch.

GEFREITE NULL NNNNNNNNN--------UUUUUU-UUU--------LLLLLLLL!!!!!!!!

UNTEROFFIZIER Das wollen die Leut ums Verrecken nicht einsehen, daß wir unser Geld kriegen. Dafür, daß wir warten, bis es soweit ist. Das heißt: Daß wir warten, daß es nicht soweit kommt. Durch Manöverbeobachter haben wir dem Russen mords vorgespielt, wie sakrisch wir auf Zack sind. Ich hab auch immer ein saugrimmiges Gesicht geschnitten, wenn ich das leise Gefühl gehabt hab, der Russ spioniert! Da ist doch mit der Zeit dem Russen die Rosette gegangen!

STABSUNTEROFFIZIER Guter Witz. Der Russ hat gewiß vor uns Landsern keinen Schiß gehabt. Der Russ hat Respekt vor unserer Rüstungstechnik. Wie hat der Spieß neulich verzählt in der Märchenstunde. Quasi daß der Iwan so dumm ist, daß er nicht einmal den Moskauer Flughafen allein hat fertigbauen können. Das haben deutsche Techniker getan.

GAST I Die Deutschen sind schon Hund! *Er erhebt sich*: Ihr glaubt es ja nicht, wie groß wir schon einmal waren. *Er zeigt es mit der Krücke; dabei wirft er sein Bier um.* Österreich. *Er haut mit der Krücke auf den Tisch.* Tschechei. *Er haut mit der Krücke auf den Tisch.* Frankreich. *Er haut mit der Krücke auf den Tisch.* Polen. *Er haut mit der Krücke auf den Tisch.* Russ ... *Sein Bierglas fällt vom Tisch. Er setzt sich erschöpft nieder.* Kann man sich gar nicht merken, so groß!

GAST II Füchs sind die Deutschen. Füchs! Afrika, Rumänien, Russland ...

STABSUNTEROFFIZIER Der Russ muß auch ewig brutal sein im Testen von Kampfstoffen. Chemischen, biologischen. Tut der Spieß daher. Da wenn ganze Stadtteile draufgehen, weil Kampfstoffe ausprobiert werden, kostet dem Iwan nur ein feuchtes Arschrunzeln. Offiziell heißt es dann: Eine Wurstvergiftung ... Und wie die Zugvögel dann die Giftstoffe oder weiß der Kuckuck die Bakterien halt Tausende von Kilometer in der gesamten Sowjetunion verbreitet haben ... Und die Leut reihenweis krepiert daran. Da kommt nichts auf davon. Heißt es nur: Der Krufixkrebs wieder! Das ist die Pest!

GEFREITER IV Die Amis sind auch nicht grad zimperlich im Testen von Psychokampfstoffen. Die tun den Leuten sogar LSD ins Essen. Plötzlich flippen Soldaten aus: Springen aus dem Hubschrauber oder scheißen ihren Vorgesetzten ins Gemüsebeet. Oder sagen: Krieg ist das größte Unglück.

STABSUNTEROFFIZIER Das braucht der Ami über-

ZUHÄLTER Daß der Russ blöd ist, steht fest. Probiert da, der Idiot, sein Gefotzzeug an die eignen Leut aus! Saudumm!

GAST II Gewiß ist der Russ brunzblöd! Auf Plünderzügen nach dem Krieg in Pommern hat so ein Iwan aus dem Ural zum ersten Mal sich eine Armbanduhr um. Eine geplünderte. Bloß ist die nach ei-

haupt nicht. Die sind eh alle rotzzu an den Raketen!

UNTEROFFIZIER Der Iwan eiskalt Kiffer an die Wand gestellt. Und Stücker dreißig umgeknallt. Mit der Schreibmaschin: RATTATTATTATTATTAT-TATTATTATTATTA!

GEFREITER III Haben gewiß schußgeraucht. Durch die Gasfotz, die Brüder!

GEFREITER IV Immerhin: Der schwarze Afghan hat ihnen allen das Kreuz gebrochen. Dem Ami wie dem Iwan. Es lebe der schwarze Afghan!

GEFREITER III Auf immer und ewig: Mussolinimäßig!

GEFREITER II Sind sauviele zugeknallt gewesen. Vor dem Angriff. Aus Angst. Gefangnen Russkis die Haut übern Kopf ziehen, das war eine Mordsgaudi für die ultrabrutalen Gebirgsstämm in Afghanistan.

ner Weil gestanden. Schraubt er auf, fällt dem Idioten zufällig wo eine Fliege aus dem Ärmel, aber er denkt, die gehört zur Uhr. Jetzt fängt er wieder eine Fliege, schraubt die in die Uhr und sagt: Gleich geht, hat neue Maschinist: Uhr!

GAST II Der Deutsch ist ein Fuchs. Der Deutsch gibt überall sein Senf dazu. Bloß sieht man ihn nicht. Riecht ihn nicht.

ZUHÄLTER Der Deutsch ist heutzutag gerissener wie der Jud. Den einen liefert er Hühner, den andern Füchs. Zahlen tut ein jeder. Zählen tut aber, daß die Hühner Eier legen, daß die Füchs draufgehen!

GAST II Sagen wir, der Deutsch verkauft Küh auf Afrika. Und so eine deutsche Kuh läßt sich nicht besamen von einem Negerstier, arschklar. Müssen deutsche Tierärzte hinunter zum Besamen. Und der Sa-

Wenn sie ersticken, können sie von Glück reden. Sonst sind sie durch ihre blutigen Brustkörb Ameisenkings für einen Tag!

GEFREITER IV Wie mir das gefällt: Durch den schwarzen Afghan hat sich der Eiserne Vorhang in Luft aufgelöst. Manöver sind heut müßig wie dem Papst sein Zipfel!

UNTEROFFIZIER Der Jud gibt keine Übungsmunition aus. Da wird gleich scharf geschossen.

GEFREITER III Der Jud ist heut der best Soldat auf der Welt!

GEFREITER I Der Gashans macht jedes Mal im Politischen Unterricht den Juden zur Sau ... Dieses Volk hat schon Christus ans Kreuz geschlagen ... Dieses Volk ist ein Bazillus ...

men ist wieder so frisiert, daß die Kälber verrecken in Afrika, werden sie nicht mit deutschem Kraftfutter aufgefüttert ... So muß sich unsereins das vorstellen!

ZUHÄLTER Und die Milch, Schnurrer, von die deutschen Küh ist wieder hochgradig giftig für Heidenkinder.

GESCHÄFTSFÜHRER SS-Biafra, das Paris für Hallelujagockel!

ZUHÄLTER Paradies heißt das! Idiot!

GESCHÄFTSFÜHRER Willst die Letzte Ölung, Zipfel?

ZUHÄLTER Wenn es aus einer deutschen Raffinerie kommt.

GESCHÄFTSFÜHRER Das ist das letzte Öl.

Lachen.

GEFREITER I Sag ich: Der bräucht mir scha eine Kugel. Sagt der Gashans: Das ist die Privatmeinung des Gefreiten I. Sag ich: Überhaupt: Flossenbürg gehörert sich wieder angeschürt ... Hat er sich aber nimmer traut. Tut so, als ob ers überhört hätt. Der feige Sack!

GEFREITER IV O je, unsre Jungfüchs! Rotzt den Rotärschen stundenlang so einen Sermon in die Fresse!

GEFREITER I Fresse, du linke Bazille!

GEFREITE II und III NULL NNNNNNNNNN---------UUUUUUUUUU---------LLLLLLLLL!!!!!!!!!

STABSUNTEROFFIZIER In einem Punkt sieht selbst unsre linke Bazille klar: Das Kasperltheater in Deutschland ist die Pest. In Kürze krieg ich meinen Bausparer heraus von Wüstenrot. Dann bin ich fort... Ich will Blut sehen. Echtes!

GEFREITER II Ich kaufert mir einen Golf für das Wüstenrotgeld. Eiskalt! Ein GTI fährt auch ohne Wald!

UNTEROFFIZIER *zum Stabsunteroffizier*: Weißt schon, daß sich die in der Wüste einen Pariser über die Mündung ziehen. Daß kein Sand in den Lauf kommt!

STABSUNTEROFFIZIER Arschklar.

GEFREITER I Und die Waffensammlung krieg ich.

STABSUNTEROFFIZIER Ich komm zurück. Kannst Gift drauf nehmen, Kamerad!
Pause.
Dann zum Gast I: Gelt, Häcksler! Der Führer hat nicht geraucht. Aber Europa!

Der Gast I zündet sich eine Rothhändle an.

GAST I Scheiß drauf!

STABSUNTEROFFIZIER Häcksler, was ich dich noch fragen wollt... Orden hast keine mehr, Abzeichen?

GAST I Gewiß. Eine Deutschlandflagge mit Hakenkreuz. Hinten mit Hitlerkopf!

STABSUNTEROFFIZIER Geil. Krieg ich, Häcksler, gelt.

GAST I Da sind Löcher drin... Mäuskrüppel... Ausgerechnet in der Mitte ein Mordsloch! Schaut aus, als obs eine stinknormale Deutschlandfahne gewesen wär. Der Scheißhadern heut.

STABSUNTEROFFIZIER Aber Abzeichen, Häcksler, Orden?!

GAST I Die kriegst. Bloß hab ich nach Kriegsschluß die Hakenkreuze plattgehaut mit dem Hammer!

STABSUNTEROFFIZIER Das haut den abgebrühtesten Kapuziner aus dem Beichtstuhl! *Kopfschüttelnd*: Wenn einer schon ein Arsch ist, braucht er doch nicht gleich in die Hosen scheißen. Mit solche Leut haben wir ja den Krieg nicht gewinnen können ...

GAST I Leck mich kreuzweis. Kruzifix!

GEFREITE NULL NNNNNNNNNNN----------UUUUUUUUUUU----------LLLLLLLLLL!!!!!!!!!!!

GAST II Bundeswehr an die Grenzen. Die muß uns schützen vor Scheinasylanten, wo es nur auf unsere Scheine abgesehen haben.

GEFREITER I Werden wir Weltpolizei. Die SS von der NATO. Kastrieren wir Kuba und fiedeln den letzten Kommunisten zum Totentanz auf.

GAST II Das Titopartisanenvolk, das verschissene!

UNTEROFFIZIER Die von drüben haben zur Armee Asche gesagt.

GEFREITER III Zusammen legen wir alles in Asche. Weil wir durch die Spritzer von drüben gewußt haben, wo man den Warschauer Pakt hinterfotzig am Arsch packt, hat der Warschauer Pakt den Geist aufgegeben.

GEFREITER II Wie die ersten Trabis durchs Kasernentor geröchelt sind, waren die Ossis tief enttäuscht. Weil unsere Kasern seit Urzeiten OSTMARKKASERN heißt.

GEFREITER I Und unsre Geldschein schaun jetzt auch so aus. Wie das Arschlochgeld von drüben. So lumpig!

GEFREITER IV Zum Knochenkotzen ist es drüben bloß den Russen gegangen: Einer hat einen Laster in den Graben gesetzt vor Torgau. Der hat dir so saulang drinnen bleiben müssen im Laster. Bis ein Kranwagen gekommen ist. Drei Tag. Eine Wache davor: Aus! Der hat nichts zum Beißen gekriegt. Scheißen müssen hat er auch drinnen. Im Führerhaus!

GEFREITER I So einem armen Wurm kauf ich eine Kalaschnikow ab. Sie auch, Herr Stabsunteroffizier, für Ihre Sammlung? Dreihundert Schwarzmark!

STABSUNTEROFFIZIER Hab ich längst, Mann. Guten Morgen!

GEFREITER II Und unsere Sanitöter jetten in der Weltgeschichte herum.

GEFREITER IV Ich lach mich tot: Das gibt wieder High Times für Sturzfighter! *Stabsunteroffizier springt auf*: Schaut überhaupt geil aus, wenn aus einem Flugzeug eine Stichflamme kommt. Wie so eine Rose, wo aufblüht!

STABSUNTEROFFIZIER Mann, Sie wieder! Du kannst dir deine Zähne gleich aus dem Arschloch klauben! So polier ich Ihr Gedächtnisgeschwür!

GEFREITER I Dann ist dein Eiweißcomputer endgültig im Arsch.

GEFREITE NULL NNNNNNNNNNNNN-----------UU-UUUUUUUUUU-----------LLLLLLLLLLL!!!!!!!!

GEFREITER I Dem stinkt doch bloß, daß ausgerechnet er Mobil-Reservist geworden ist! Bei jeder Hundsfotze, wo ihm der Bund pfeift, muß er aufkreuzen. Samt Seesack. *Er zeigt auf den Seesack unter dem Tisch.*

GEFREITE *außer IV*: NULL N-----U-U-U-----LLLLL !!!!

GEFREITER IV *flüstert*: Ich hab schon eine Überraschung im Sack auch noch.

GEFREITER III Für den Schaller?

GEFREITER IV NULL N-----ULL-ULL-ULL-ULL!!!!!!!!

GAST I *der nach wie vor, aufgrund seines Gestanks auch noch mit feindlichen Blicken bedacht, allein am Tisch sitzt*: Wer liebt mich? *Zündet sich eine Zigarette an, stößt*

Rauchringe aus: Wer küßt mich? *Laut*: Wer küßt mir meinen braunen Riesen?

ANIMIERDAME *die mit sichtlicher Überwindung bei ihm Platz nimmt*: Ja, mein Häcksler. Ist eine rauchige Luft bei dir. Durch die Rothhändle ... Wenigstens frierts mich da nicht.

GAST I Rauchen ist meine einzige Freud. Sonst kriegert ich meinen Saugrimm! *Stößt Rauch aus*: Total weiß bei der Durchleuchtung: Meine Lungenflügel!

ANIMIERDAME Da kannst gewiß schön in den Himmel fliegen damit.

Pause.

Willst ein Äuglein riskieren. *Sie öffnet ihren Überwurf.*

GAST I Juckt mich nicht mehr. Ich will nur noch küssen ... Ich kann kein Menschenfleisch mehr riechen.

ANIMIERDAME Ach, wenn ich noch im Krankenhaus zugang wär ...

GAST I Küß mich, Stasi, bitte!

Sie zögert, er zückt einen Tausendmarkschein. Sie zögert.

GAST I Küß mich, Staserl. Küß mich um Himmels willen!

Sie küßt ihn mit der allergrößten Überwindung. Er gibt ihr den Geldschein.

ANIMIERDAME Jesus, nein! Jesus, nein!

Sie zerreißt den Geldschein; und ist selber überrascht. Allgemeiner Aufschrei. Sie rennt mit der Hand vor dem Mund aus dem Lokal.

GAST I Was tut die blöde Kuh. Kruzifix Kruzifix Kruzifix. Ich muß doch zu meiner Alten ins Loch. Zu dem Drachen.

Hustet heftig. Jetzt kann ich niemand zahlen fürs Gießen, Kruzifix. Kommt eine Betonplatte drauf – Himmelmutterl. Und ich will Blumen und keinen Beton auf meinem Grab. Gottesaugen. Aurikel. Vergißmeinnicht. Kruzifix!

Er steht, vom Tod stärker als von Zorn und Geruch gezeichnet, auf und verläßt schlurfenden Schrittes, mit nachgezogner Krücke, das Lokal. Alle verunsichert.

GAST II Der Schorsch, der ruft die Polizei!

ZUHÄLTER *holt Luft, ermannt sich.* Die können gern kommen. Die haben heut überhaupt ihre Pflichtfotzen noch nicht abgeholt! Jetzt kommt es mir erst. *Allgemeines erleichtertes Gelächter. Der Zuhälter mit Blick in die Runde. Laut*: Jedem Bullenkrüppel, wo heut noch aufkreuzt, dem hau ich doch eine Betonfotzen hinein, daß er im Rohbau dasteht!

GAST II So gefällst mir, Erich!

GEFREITE NULL NNNNNNNNNNNNNN------------UUUUUUUUUUUUUU------------LLLLLLLLLLLL!!!!!!!!!!!!

UNTEROFFIZIER *zum Stabsunteroffizier*: Weißt noch, wie der Feldwebel auf Manöver gekommen ist und wir haben gerade geredet über Flurschaden. Ich hab geglaubt, ich krieg mich nicht mehr. Ich könnt mich noch heut kugeln vor Lachen. *Zu den Gästen/Gefreiten etc*: Der Stabsunteroffizier hat grad gesagt: Da kann jede Bauernsau daherkommen und Flurschaden anmelden. Und ich: Da könnt ja jeder Furz kommen und stinken. Kaum hab ich das gesagt gehabt, düst der Spieß heran.

STABSUNTEROFFIZIER Ja, das war zum Scheißebrüllen. Plötzlich ist er fuchsteufelswild geworden und hat geplärrt ICH HÄTTE GUTE LUST UND TÄTE SIE IN ALLER HERKOTZFRÜH IM STILLGESTANDEN

ZUSAMMENSCHEISSEN. Überhaupt: Sagt, Männer, habt ihr heut noch nicht abgeprotzt, weil ihr den Arsch so laut offen habt und nichts als einen Haufen Scheiß verzapft?!

GEFREITE NNNNNNNNNNNNNNN-------------UU-UUUUUUUUUUUUU-------------LLLLLLLLLLL-LL!!!!!!!!!!!!!

UNTEROFFIZIER Und ich hab einen Geistesblitz gehabt und gesagt: Die Senkgrube ist noch nicht gegraben!

STABSUNTEROFFIZIER Und ich: Der Donnerbalken steht noch nicht, Herr Hauptfeld!

GEFREITER III Und ich hab auch noch mir nix dir nix VORSICHT KREUZOTTER geplärrt aus Überzeugung!

STABSUNTEROFFIZIER *unbeirrt*: Jetzt geht dem Spieß die Rosette eins zu einhunderttausend, weil er vergessen hat, Befehl zu geben zum Senkgrubengraben. Tod und Teufel! ALLES ANTRETEN ZUM SENKGRUBENGRABEN, schreit er. Geiling kommt der Major und will sich einen Iltis aus dem Kreuz drücken, und wir haben noch nicht einmal die Gebetsabschußrampe! flüstert er. Und alle graben, unter meinem Kommando, auf Teufel komm raus. Auf einmal tut es dir Mordskracher. Ich denk, der Amerikaner feuert Geschütze ab. Weil es derzeit kracht und buscht in Grafenwöhr wie seit Vietnam nimmer!

Pause.

Derweil zieht dir ein Gewitter auf. Und wir, zu allem Unglück, haben im Eichenwald die Senkgrube gegraben, weil unser Spieß ausdrücklich befohlen hat: Dort hinten, unter den Eichen, damit uns der Böhmische Wind das Essen nicht noch mehr versaut. Wo die Küchenbullen fabrizieren in der Gulaschkanone!

UNTEROFFIZIER Und wie es der Teufel will, kommt mit dem Gewitter der Major daher und will sein Geschäft machen. Und wir im Blitzlicht noch keinen Meter unter der Erdnarbe!

STABSUNTEROFFIZIER Zum Glück hats ihn weggepfiffen, unsern Major. Das hätt ein Nachspiel gehabt, die Geschichte. Kreuzkruzifix.

UNTEROFFIZIER Aber so ist er mit einer Rolle Klopapier und seinem Klappspaten abgezogen. In den Buchenbestand! Ausgerechnet.

GAST II Uns haben sie den Donnerbalken in der Ukraine unter dem rauchenden Arsch weggeschossen. Das waren noch Zeiten! Noch Weiber!

GEFREITE NNNNNNNNNNNNNN------------UUUU-UUUUUUUUU------------LLLLLLLLLLLL!!!!!!! !!!!!!

GESCHÄFTSFÜHRER Wo gibts denn jetzt die schönsten Transvestiten? *Trinkt.* In Amberg, da hat mir so einer einmal einen runtergeholt. So hat das keine Alte heraussen!

ZUHÄLTER In Hamburg wollt ich einmal so einen in den Arsch ficken. Also wollt ich gar nicht. Zuerst hab ich gedacht: Ist das aber ein geiles, hochhaxiges Weib! Ich hab mir nichts gedacht, zuerst: Die hat Titten gehabt und alles. Gibt mir einen Kognak aus nach dem andern, schleppt mich bei hohem Seegang ins Separée. Auf einmal hängt ihr schrumpligs Zipferl aus dem Schlüpfer!

GESCHÄFTSFÜHRER Ich hab so ein Heft voll Transvestiten daheim. Da ist eine Negerin mit solchen Trümmer Titten, aber auch gleich so einem Prügel Schwanz. Wie die grad ein Weib fickt! Abgespritzt hab ich da drauf schon hagensaft, schwör ich dir.

UNTEROFFIZIER Normal seid ihr zwei nimmer!

ZUHÄLTER Was ist denn heut noch normal. Nicht einmal das Wetter. Wenn du hinausschaust, könntest grad glauben, der Petrus ist schizophren geworden.

UNTEROFFIZIER Ihr seids sogar halberte Schwule, wenn ich euch so durchschau.

ZUHÄLTER Du, da warst du noch in Abrahams Wurschtkessel mit deiner Mannschaft und hast noch kein Hirn gehabt und nichts, haben wir zwei schon arschgefickt. *Umarmt Heinold*: Gelt, mein Heinerl!

GESCHÄFTSFÜHRER Freilich, Erich. *Zu den andern*: Vorne: Er –, hinten: – ich!

PUPPE *kommt an den thekennahen Tisch, an den sich Zuhälter und Heinold gesetzt haben*: Kriegts ihr noch was? Oder sonst noch einen Wunsch, die Herrn Saubärn?

ZUHÄLTER Zwei Gespritzte.

GESCHÄFTSFÜHRER *löst die Schürzenschlaufe der Puppe*: Hast du ein Coooocktaiaiaiiiil?

PUPPE *zum Heinold*: Leck mich doch du am Arsch.

GESCHÄFTSFÜHRER Halt ihn her!

Puppe tut es: Lüpft den Rock, zieht den Schlüpfer herunter. Heinold klapst ihr, leicht verdutzt, mit der Hand auf den Hintern.

GESCHÄFTSFÜHRER Eins zu Null für die Puppe. Kannst einen Cocktail kippen, auf meine Kosten.

Puppe tut dies nicht: Sie verschwindet mit triumphierendem Blick in die Runde hinter der Theke.

ZUHÄLTER *leise zu Heinold*: Die paßt schon zu mir, gelt. Wie die Faust aufs Auge. Jeder Schwanz, wo drinsteckt in ihr, macht mich nur geiler auf die Pritsche. *Er erhebt sich. Laut*: Wenn ihr der Puppe ihren Arsch das nächste Mal zu sehen kriegt, hab ich ihr einen kleinen Schmetterling auf die Arschbacke tätowieren lassen! Und wenn ihr in Zukunft wo ein Weib seht mit einem Schmetterling auf dem Arsch, dann wißt ihr, es ist eine von den meinigen! Puppe! Lokalrunde!

GAST II Was bin ich heut noch für ein Liebhaber: Wie so ein Kranz im Advent. Ein Lichtlein brennt! Ewig, Puppe!

GEFREITE NNNNNNNNNNNN------------UUUUUU-UUUUUU------------LLLLLLLLLLLL!!!!!!!!!!!!

GEFREITER I Der Puppe ihr Arsch, der macht mein Schwanz zum Kamikaze!

GEFREITE NNNNNNNNNNN-----------UUUUUUU-UUUU-----------LLLLLLLLLLL!!!!!!!!!!!

GEFREITER II Puppe, mein Raketenwurm hebt schon das Köpferl!

GEFREITE NNNNNNNNNN----------UUUUUUUUU-U----------LLLLLLLLLL!!!!!!!!!!

GEFREITER III *zur Puppe, die einem jeden ein Glas Wodka »Gorbatschow« einschenkt*: Puppe, es ist Sünd und Schad, daß du kein Tausendfüßler bist: Könntest eine gesamte Kompanie gleichzeitig versorgen. Fünfhundert Mann!

GEFREITE NNNNNNNNN---------UUUUUUUUU---------LLLLLLLLL!!!!!!!!!

ZUHÄLTER Puppe, hättst mit einem Schlag ein Heidengeld!

PUPPE *spöttisch*: Dann wär nach einem Tag ausgevögelt, und ich könnt morgen abzwitschern auf Indien, oder?!

Lachen.

ZUHÄLTER Der Guru würd die Augen nicht schlecht verdrehen über den Schmetterling.

PUPPE Den sieht der nie im Leben!

ZUHÄLTER Soso ...

Lachen.

GEFREITE NNNNNNNN--------UUUUUUUU--------LLLLLLLL!!!!!!!!

GEFREITER IV Puppe, bist eh heller als dein Schaller. Der ist auf Teufel komm raus Zwölfzylinder geworden in dem Scheißladen. Zeitsau: Der läßt sich für mehr Geld länger ficken!

GEFREITE NNNNNNNN-------UUUUUUUU-------LLLLLLLL!!!!!!!!

STABSUNTEROFFIZIER Noch ein Wort, Kamerad, und ich beiß dir die Halsschlagader durch! Mords auf Körnerfresser machen, aber andren Leuten ein Stück Fleisch in den Bauch schieben wollen!

GEFREITER IV Seit wann haben Sie etwas gegen Kernkraft, Herr Stabsunteroffizier?

Lachen.

GEFREITE NNNNNNNN-------UUUUUUUU-------LLLLLLLL!!!!!!!!

Die Animierdame kommt mit einem Korb aus der Küche an den mittleren Tisch im Vordergrund. Im Korb zusammengekrümmt ein kleiner Hund, den sie herzt und küßt.

GESCHÄFTSFÜHRER Hast wohl einen Korb gekriegt von deinem Schoßhund, du Heulsuse.

ANIMIERDAME *küßt gedankenversunken den Hund auf die Schnauze*: Mein Hexerl! *Küßt ihn erneut. Krault das winselnde Tier.*
Als obs mich verstanden hätt, hat das Hexerl heut geredet zu mir! Hexerl!

Lachen. Der Hund winselt.

PUPPE Ich war in meinem früheren Leben Pirat wie der Erich.

Dann haben sie mir den Fuß weggeschossen, und ich bin untergegangen in einem Ozean von Schmerz.

ZUHÄLTER *lacht*: Und ich war in meinem früheren Leben ein Schmetterling, Puppe. Drum flieg ich so auf deinen Arsch!

ANIMIERDAME Mir hat mein Nürnberger Lude in den Mund gespuckt, und seither kann ich wahrsagen, wie der Nostradamus, aber es nimmt kein Schwein für voll. Zum Beispiel: Die ersten Worte im »National« werden die letzten sein!

ZUHÄLTER Ich mein allweil, ihr braucht immer frische junge Hunde. *Trinkt.* Weil die alten räudig werden von eurem Fotzsaft.

GESCHÄFTSFÜHRER Machen wir ein Hundepuff auf. Ist billiger als sterilisieren!

ANIMIERDAME Heut hab ich gelesen in der BILD: Hat sich einer den Daumen abgehackt ...

GESCHÄFTSFÜHRER Dreißigtausend!

ANIMIERDAME Die Katz das Daumentrumm gefressen. Die Katz ist geröntgt worden: Waren dir prompt noch Hautfetzen im Katzenmagen und Knochensplitter.

GAST II Haben sie nichts mehr hingenäht, heh?

ANIMIERDAME Können vor Lachen: Der gehört der Katz, der schüttelt dir keine Pflaumen mehr ...

STABSUNTEROFFIZIER *torkelt, auf Puppe zeigend, zur Theke*: Geh, Puppe, komm. Nimm mich mit ins Separée. Ich zahl dir jeden Preis! *Schwenkt den Geldbeutel. Weinerlich*: Laß mich noch ein einziges Mal mit dir zusammen sein. Bloß zum Reden. Bitte!

Der Zuhälter winkt Toni, seinem Rausschmeißer. Zusammen packen sie mit sanfter Gewalt den Stabsunteroffizier, der sich nicht wehrt, unter den Armen und schleppen ihn auf die Toilette.

STABSUNTEROFFIZIER *für sich*: Jetzt, wo ich Geld hätt ...
GEFREITER IV *mit Blick auf Zuhälter*: Der wird sich noch wundern, der Sack!

Die drei kehren aus der Toilette zurück.

ANIMIERDAME *auf Puppe deutend mit dem Kinn*: Was zieht die Frische denn heut für eine Schnute, für eine geschmerzte. Ist der eine Laus über die Leber gelaufen?
ZUHÄLTER *zur Puppe*: Brauchst keine beleidigte Leberwurst markieren, hier herinnen. Und gar deinem bescheuerten Schaller nachtrauern. Was kann dir so einer schon bieten, schon bedeuten? *Zum Stabsunteroffizier*: Jetzt hats dir die Sprach verschlagen, wo du unsere Kaliber mit eignen Augen gesehen hast. *Zur Puppe*: Gelt, Puppe, inzwischen bist eine andere innere Größe gewöhnt. Kannst dich nimmer zurückgewöhnen.
ANIMIERDAME *zur Puppe*: Grüß Gott in der Hölle, Puppe. Mußt halt auch gute Miene machen zum bösen Spiel. Schau mich an. Meinst, ich krieg jedes Mal einen Orgasmus, wenn sich einer abmördert auf mir. *Sie demonstriert es, indem sie mit beiden Händen einen imaginären Körper auf Beckenhöhe umfängt und zu japsen beginnt*: Ahaahahah!
GEFREITER I Iaah! Iaah! Iaah! Iaah!
GEFREITER II Wau! Wau! Wau! Wau!
GEFREITER III Miau! Miau! Miau! Miau!
GEFREITER IV Kikeriki! Kikeriki!

Lachen.

ANIMIERDAME Aber ich röchel halt ein wenig dazu, daß die Geschichte ein Gesicht kriegt und ich zu meinem Geld komm. *Zum Zuhälter*: Hast die Puppe wohl nicht unter der Fuchtel, weil sie ihrem Verflossenen nachtrauert?

ZUHÄLTER Daß ich nicht lach. *Zum Stabsunteroffizier*: Gescheit gefickt, sag ich allweil. Wenn sie das Loch anständig voll haben, ist wieder für zwei Tag eine Ruh!

STABSUNTEROFFIZIER Ja, zwei Tag! Die hätt mir was geblasen.

ZUHÄLTER Gescheit muß es halt sein. Sonst ist drauf geschissen. Am gescheitesten wärs, du tätst einmal zuschaun, wie ich die Puppe ins Gebet nimm!

ANIMIERDAME Gehörig blasen lassen mußt eine. Das weiß ich aus eigener leidvoller Erfahrung. Bis eine die Maulsperre kriegt!

GEFREITER IV Wenn bei denen ein Weib nicht kuscht wie ein Hund, sind die Zipfelzeiger gleich irritiert.

GEFREITE NNNNNNNN--------UUUUUUUU--------LLLLLLL!!!!!!!!

ZUHÄLTER Weißt, Schaller, eine jede ist heutzutag ein wenig pervers. Und das mußt herausfinden. Dann ist radiputz ein Ruh!

GESCHÄFTSFÜHRER Seich ihr halt in Gottesnamen ein wenig auf die Fotz, daß bei ihr der Busch brennt!

ZUHÄLTER Sei nicht so wischiwaschi mit den Weibern! Sonst tanzen sie dir auf der Nase herum. Kriegst mit der Zeit eine Nase zusammen, platt wie ein Boxer ... Ein Weib braucht eine strenge Hand. *Klapst der Animierdame auf den Hintern.*

GAST II Ich kann es nicht oft genug sagen, wie mir der Erich gefällt. Weil er das, was alle denken im Hinterkopf, deutsch heraussagt. *Trinkt*: Ich bin doch der Papa. Mein Ericherl und mein Heinerle.

Ich und ein Kamerad, ein gebürtiger Niederbayer aus Rattenkirchen. Der hat vom Kirchturm aus ums Arschlecken auf Braunau hinüberschaun können als Kind.

Kruzifix. *Pause.* Ich hab es ihm nicht immer sagen trauen, was ich denk. Überhaupt zeigen, daß ich denk. Nie und nimmer! Ich wär bei der Leibstandarte gewesen!

GESCHÄFTSFÜHRER Wir auch!

STABSUNTEROFFIZIER *zeigt auf den Gast II*: Wenn der ein Werwolf war, ist alles aus.

GAST II *unbeirrt*: Da hat es geheißen: Schweigen wie ein Grab oder – Kopf ab! *Demonstriert es.* Prost, Erich. Prost, Heinold.

ZUHÄLTER Prost, Schnurrer!

GESCHÄFTSFÜHRER Schnurrer, wir zwei waren auch dabei. Ich und der Erich. Wir haben uns gegenseitig die Standarten gehalten!

Lachen.

GEFREITE Prost, Prost, Kamerad!
Prost, Prost, Kamerad!
Prost, Prost, Prost, Prost, Prost, Prost, Kamerad!

GESCHÄFTSFÜHRER *zum Stabsunteroffizier*: Oder telefonier ein wenig mit einem Weib. Der tät ich was flüstern.

ANIMIERDAME Die Liebe zu Ohrwürmern hat mir mein Nürnberger Lude angehängt. Der hat angerufen, wo ich grad sitz? Ja, in der Küch halt, auf der Eckbank. Na, tust die Füß etwas auf den Tisch und spielst mit der Muschi. Und ich spiel mit der Muschi ihrem Schwanz. Ich hab gedacht: Das gehört sich doch nicht. Derweil geht dir das fein. Allmächtiger, hab ich gespritzt. Das ganze Eckpolster ist geschwommen, der Gurkensalat im Eimer.

ZUHÄLTER Du mußt uns noch zahlen für den Liebesunterricht, Schaller!

ANIMIERDAME Neulich hat mich einer angerufen: Mir nichts, dir nichts. Der hat in den Hörer gehechelt: Du, ich muß dich ficken. Und ich hab fetzhalber mitgezogen: Jaja, gibs mir nur, du geiler Sackneger – toujours vor und retour! Und so zu, in einer Tour. Der war in einer Minute fix und foxi und hat in den Apparat gewiehert wie ein Geisteskranker. Ich hab gedacht, wenn ein Beamter vom Verfassungsschutz uns abhört, der brunzt sich vor Geilheit die Hosen voll!

Lachen.

ZUHÄLTER D i e Arschficker erst! D i e und die Polizisten, das ist ein Arschvolk. Mensch, gleich rausch ich auf die Polizeiwache und hau hinein über die Schädel. Und wenn sie grad beim Fressen dahocken, geh ich durch und hau ihnen die Suppenlöffel aus der Goschen heraus! *Zum Stabsunteroffizier*: Und du gehörst als Soldat auch zu dem Schlag! Schaller, wenn Blödheit weh tät, müßtest du den ganzen Tag schreien!

UNTEROFFIZIER Das tut er doch den ganzen Tag in der Kasern!

Die Gefreiten äffen den Stabsunteroffizier nach.

GEFREITER I SEELÖWE AN ALLE – WIE HÖREN SIE MICH – KOMMEN!

GEFREITER II ULAN HIER – ICH HÖRE SIE NICHT – KOMMEN!

GEFREITER I SEELÖWE HIER ULAN – AUF ERKANNTEN FEIND FEUER FREI – KOMMEN!

GEFREITER II ULAN HIER SEELÖWE – ULAN HIER SEELÖWE – FÜHRER NABEL – FÜHRER NABEL – ICH SPRECHE ZWOMAL – ICH SPRECHE ZWOMAL – FÜHRER NABEL – FÜHRER NABEL –

ULAN HIER SEELÖWE – ULAN HIER SEELÖWE – KOMMEN – KOMMEN!

GEFREITER III ACHTUNG, IHR ARSCHLÖCHER, GEWEHRFEUER VON LINKS!
ACHTUNG, IHR ARSCHLÖCHER, ABC-ALARM!
ACHTUNG, IHR ARSCHLÖCHER, ABSTAND ZUM VORDERARSCH – WIR SIND NICHT BEIM HOMOSEXUELLEN-GEDÄCHTNISMARSCH!

GEFREITER IV MÄNNER, ICH WERD GLEICH ZU EINER VIERMÖTORIGEN WILDSAU!
MÄNNER, ICH MACH EUCH FERTIG, BIS IHR AUSSCHAUT WIE DIE FRISCHGEFICKTEN EICHHÖRNCHEN!
MÄNNER, WENN ICH EUCH EIGENHÄNDIG DIE EIER AUSREISSE UND SIE HINTER DEM KOMPANIESCHEISSHAUS EINGRABE, KOTZEN NOCH DIE WÜRMER, SO STINKT IHR!

ZUHÄLTER Ja! Wo sind wir denn. Ein Lärm wie in einer Judenschule!

STABSUNTEROFFIZIER *zum Gefreiten IV*: Du hast doch einen Schuß. Dich hat der Bund geschafft.

GEFREITER IV NULL. NULL.

GEFREITE NULL NNNNNNNN-------UUUUUUUU-------LLLLLLL!!!!!!!!

STABSUNTEROFFIZIER *zum Gefreiten III*: Bei dir haben sie doch das Kind weggeworfen und die Nachgeburt aufgezogen! Ich gratuliere!

GEFREITER III NUL---------LLLLLLLLL!

STABSUNTEROFFIZIER *zum Gefreiten II*: Und du. Du kannst vielleicht mit Hängen und Würgen einen toten Maulwurf bei Rot über die Kreuzung schleppen, aber sonst ist nichts groß los mit dir!

GEFREITE NNNNNNNN--------UUUUUUUU--------LLLLLLL!!!!!!!!

STABSUNTEROFFIZIER *zum Gefreiten I*: Und du kannst immerhin mit viel Glück aus einer toten Sau einen Furz herausdrücken noch – mehr hast du allerdings nicht mehr zu melden auf Erden!

GEFREITER I Ich melde: Neue Lage? NULL!

GEFREITE NNNNNNNN--------UUUUUUUU--------LLLLLLL!!!!!!!!

STABSUNTEROFFIZIER Und unser Major erst: Da wird der Hund in der Pfanne verrückt. ZULUZEIT ZULUZEIT, das war der letzte korrekte Befehl unseres Helden.

PUPPE Was ist das: Zuluzeit?

STABSUNTEROFFIZIER Das solltest du aber schon wissen. Als ehemalige Landserbraut. *Puppe zuckt mit den Achseln.* Das bedeutet: Alle Uhren einheitlich um eine Stunde vorstellen! Alles Roger?

UNTEROFFIZIER OJA KRIEG ELIAS ILTIS, so Zeug hat er ausposaunt als Parole. Unser Herr Major.

STABSUNTEROFFIZIER *zum Unteroffizier*: Zu dir hat er gesagt: Mein Eichel.

UNTEROFFIZIER *zum Stabsunteroffizier*: Und zu dir: Mein Hektar.

GEFREITER IV *lachend zum Unteroffizier*: Mein Achill. *Spöttisch zum Stabsunteroffizier*: Mein Hektor! Bin im Bilde! *Lacht.*

GEFREITER III Jetzt dreh du nicht auch noch durch!

GEFREITER IV Zuerst hat er einen Zug aus dem Korn, dann seine Flinte genommen und ist auf den Bauern losgegangen, wo sich wie eine Krautscheuche vor sein Feld voller Kohlköpfe gestellt hat und unsere Panzer nicht durchlassen wollt. Da muß der Major den Bauern angefahren haben: Wissen Sie denn nicht, daß wir seit acht Uhr fünfundzwanzig Ernstfall haben! *Der Gast II ist plötzlich ganz Ohr.* Dann hätt er den Pionieren im Panzerheck Befehl gegeben, daß der Bauer arretiert und an eine Kiefer gestellt wird am Waldrand. Dann sind ihm die Augen verbunden worden mit einem Dreieckstuch, und der Major hätt ihm eine angezündete Zigarette in den Mund geschoben. Drauf hätt der Major geschrien ACHTUNG – LEGT AN – FEUER!

GAST II Sauerei!

GEFREITER IV *unbeirrt:* Und dem Bäuerlein eine Salve Platzpatronen um die Ohren zwitschern lassen. *Pause.* Bah! Bestialisch! Bestialisch soll das gestunken haben. Zehn Meter gegen den Wind. Da ist Saumist ein Dreck dagegen, hab ich zu Gehör gekriegt. Zeugen gibt es ja keine mehr. Weil unser Gott in Uniform vergessen hat, der Bundesbahn Befehl zu geben, daß beim Panzerverladen der Strom ausgeschaltet wird. Die Geschichte ist bekannt. Die Zeugen, hat mir der Stabsarzt geflüstert, sind inzwischen metergroße Aschenzwerge. Mit gebrochnem Rückgrat und aufgesprenger Schädelkapsel!

GAST II So!

Eine bildhübsche Iranerin betritt das Lokal; aller Augen ruhen auf ihr.

ZUHÄLTER Ah, da ist ja die Soraya. Unsere persische Perle in Zukunft.

GAST II Sauerei! Ja: Das ist wirklich eine Perle, unsere Soraya!

ZUHÄLTER *zur Anastasia:* Führ die Soraya für eine Weile nach hinten.

ANIMIERDAME Komm, Soraya.

IRANERIN *im Abgehen:* Wie heißt dein Name?

ANIMIERDAME Anastasia.

Es ist ganz still. Alle belauschen die beiden, die abgehen.

IRANERIN Du mir kann geben. Eisen, wie heißt ... *Sie macht eine stechende/steckende Bewegung.*

GAST II Temperatur!

ANIMIERDAME Messer? Für was?!

IRANERIN Eisen wie heißt. Eisen wird heißt.

ANIMIERDAME Wie?

IRANERIN In Wasser wird heißt. Für Tee in Heim!

ANIMIERDAME Ach, einen Ding meint sie. Einen ...

IRANERIN Alte Eisen für heißte Wasser. Für Tee.

ANIMIERDAME Einen Tauchsieder. Ich versteh. Muß ich mal zuhaus suchen. Okay?

Die beiden sind im Hintergrund verschwunden.

ZUHÄLTER So junge brauch ich, so hübsche. Die meinen mit ihren dahergedengelten Fressen hauen mich überhaupt nicht mehr hinauf!

GESCHÄFTSFÜHRER Und wo hast die her, du Sakramenter?

ZUHÄLTER Aus dem Asylantenheim. Da gibts auch Negerküh zuhauf: Zigeunerinnen, Osttussis, Wodkabräut! Der Rosenmensch ... *flüstert irgend etwas. Laut*: Das wird ein Hochbetrieb. Ein Lochgenuß!

GESCHÄFTSFÜHRER Die ewigen Amis im Augenblick, die wüsten Säu!

ZUHÄLTER Und wenn die Schmier kommt, sperr ich die Küh geschwind in den Kühlraum. Alles schon ausgecheckt!

GAST II Respekt, Erich! Rassig! Da blüht das »National« auf. Bomben und Granaten. Ein Superladen! *Erhebt sich*: Afrika, Rumänien, Polen, Weißrußland, Tschechei ... Die ukrainischen Weiber.

GESCHÄFTSFÜHRER Du, Old Schmetterling, ich habs! Wir ziehen ein Tätowierstudio auf. Eigenhändig.

ZUHÄLTER Wenn die Kasse stimmt. *Spaßig*: Wenn wir von unserem Schnurrerpapa alle heilige Zeit ein Konjunkturspritzerl kriegen ...

GAST II Erich, als ein Schwiegervater tät ich vielleicht ein Mordsgeld ins »National« stecken ...

Lachen.

GESCHÄFTSFÜHRER Nein, Schnurrer. Wenn der Laden floriert, kauf ich den Erich auf! Werd ich Herr im »National«!

ZUHÄLTER Das würd mir ein Hühnerpuff. Du und der Anastasia ihr Punkkrüppel! Ich wär ihr erster Kunde. Der tät ich im richtigen Augenblick den Kopf abhacken. Daß es nur so spritzt, glaubst du mir!

GEFREITE NNNNNNNN-------UUUUUUUU-------LLLLLLLL!!!!!!!!

GESCHÄFTSFÜHRER *leise zum Zuhälter*: Müßtest dich halt mehr auf den Waffendeal spezialisieren. Ist eh cooler. Einer Hur geht dauernd die Fotz. Ein Gewehr ist ruhig wie ein Grab.

GAST II *leise*: Der Major da, hab ich gehört, hätt Maschinengewehr im Keller ...

ZUHÄLTER *leise*: Der Schaller hätt mich eh schon angehaut, ob ich Interesse hätt an Kalaschnikow ...

GAST II Ruhig Blut, Erich. Nichts überstürzen. Schlaf noch einmal eine Nacht drüber, sag ich dir.

GESCHÄFTSFÜHRER *laut*: Ratet einmal, ihr zwei. Was ich meinen Weibern für ein Zeichen in den Arsch brennen tät? Wenn der Erich eines Tages umsteigt ...

ZUHÄLTER Du – Dir fällt doch nichts Gescheites ein. Eine Rose vielleicht grad noch?

GESCHÄFTSFÜHRER Gar nicht so verkehrt ...

GAST II Heinold: Mein Sohn – meine Tochter. Meine Sonne. Ich bin doch euer Papa.

GESCHÄFTSFÜHRER Heiß, Schnurrer, ganz heiß!

ZUHÄLTER Du wirst doch deiner Mannschaft kein Kreissägenblatt in den Arsch ritzen!

GESCHÄFTSFÜHRER Und wie! Superidee, Erich. Bist doch ein Genie!
Puppe, »Gorbatschow« für Erich. Soviel er will!

Puppe bringt das Gewünschte.

PUPPE Da sitz ich schon längst im Flugzeug, Erich. Ohne einen Kratzer. Bis ihr zwei einmal das Tätowieren beherrscht! *Lacht.*

ZUHÄLTER Das wird sich zeigen: Schlangen kannst doch auch im »National« beschwören!

GESCHÄFTSFÜHRER Ein wenig auf der Flöte spielen.

GEFREITE NNNNNNNN--------UUUUUUUU--------LLLLLLL!!!!!!!!

STABSUNTEROFFIZIER *zum Gefreiten I*: Hast du eine Zigarette, Herr Gefreiter?

GEFREITER I Keine aktive, bloß Tabak. Tut mir leid ... Durch den Bund bin ich ein Hungerleider geworden. Kaum zehn Kröten pro Tag!

STABSUNTEROFFIZIER Ruhig Blut, Kamerad. Kurbelst mir eine?

GEFREITER I Bin ich nicht wie eine Mutter zu meinem Vorgesetzten? Verfolg ich ihn nicht ewig?

STABSUNTEROFFIZIER Bin ich nicht wie eine zweite Unterhose für Sie, heißt das.

GEFREITER I Wie eine lange oder wie eine kurze?

STABSUNTEROFFIZIER Ich hab bloß eine Liebestöter. Ist das klar. Wenn nicht: Fresse ich Sie mit Haut und Haar und scheiße Sie im Stillgestanden in einen zwölfzylindrigen Kompanieabort!

GEFREITER I *gibt ihm die Zigarette*: Oh, du großer Zauberer, hast du Feuer?

STABSUNTEROFFIZIER Feuer schon, aber keine Flamme, Mann!

Der Gefreite I gibt ihm Feuer.

STABSUNTEROFFIZIER Was ist das für ein Ring?

Der Gefreite I zuckt kokett mit den Achseln.

GEFREITE NULL! NULL! NULL! NULL! NULL!!!!!!!!

GESCHÄFTSFÜHRER Was hab ich gehört: Eine Hur hast wieder zusammengeschlagen in Grafenwöhr?

ZUHÄLTER Zuerst geschlagen, dann gefickt. Jetzt sagt sie: Ist das ein Lieber!

GESCHÄFTSFÜHRER Ich kenn mich aus. *Zum Stabsunteroffizier/Unteroffizier und zu den Gefreiten/Gästen*: Wenn in dem seinen Laden eine nicht spurt, schlägt er sie krumm und dumm, bis sie weiß, wo sie gelandet ist. Überall hat doch der eine stehen, wo er melken kann.

ZUHÄLTER Sogar eine heilige Kuh muß man melken. Sonst brüllt sie in einer Tour, gelt Puppe!

GAST II Der Holländer hängt die Küh eiskalt an den Computer, fünfhundert Stück. Kriegen ihre drei Kilo Kraftfutter. Kein Gramm zuviel. Sechstausend Liter pro Jahr, oder es fliegt eine beim Holländer ins Schlachthaus!

STABSUNTEROFFIZIER *heftiger*: Was ist das für ein Ring, du Kruzifix! Tu

GESCHÄFTSFÜHRER *zum Zuhälter*: Was du nur mit dem Ficken hast.

bloß den Ring her. Ist da ein Totenkopf eingestanzt?

GEFREITER I *kokett*: Waffen-SS.

GEFREITER II Geil.

STABSUNTEROFFIZIER Ich hab das Buch inzwischen: »Sämtliche Orden des Dritten Reiches« und die Sterbensurkunde vom Heß: »Rudolf Heß, Märtyrer des Friedens, Hauptstadt Berlin, 1987.«

GEFREITER I Zweiundachtzig Mark! Zu teuer für einen Bundeslandser.

STABSUNTEROFFIZIER Das ist das Buch wert. Sieht man, was das Zeug wert ist.

GEFREITER I Ich kauf im Osten alles auf. Saubillig!

STABSUNTEROFFIZIER Wenn das ein Granatring wär, samt Totenkopf, tät ich dich heiraten!

GEFREITER I Heiraten nicht, Herr Stabsunteroffizier. Aber den Stiefel aufblasen. Das dürfen Sie bei mir.

Das peitscht mich doch überhaupt nicht mehr auf. Da langweil ich mich in den Tod!

ZUHÄLTER Und das, was du tust?

GESCHÄFTSFÜHRER Lekken zum Bleistift. Ein bißchen Mundharmonika spielen.

ZUHÄLTER Bevor ich einer da unten hingeh, wichs ich lieber pro Tag zehn Mal ... Pickel gekriegt früher wie Pilz von derer Essenz.

GESCHÄFTSFÜHRER Da kriegt man auch einen Mordsdurst drauf. Drum bin ich ja allweil pumpvoll. Prost! *Trinkt.* Überhaupt: Die Hur da, aus Grafenwöhr, hat Aids, Herr Arsch!

ZUHÄLTER Drauf krieg ich einen Kuß. Für die frohe Botschaft!

GESCHÄFTSFÜHRER Du kriegst einen Kuß aus Beileid.

ZUHÄLTER Komm her. Du Sau, du süße!

STABSUNTEROFFIZIER Und wenn ich dir das Lebenslicht ausblas? Wo ist denn, Kamerad, auf dem Granatring, die Unterschrift von Heinrich Himmler? Wo die Wolfsangel?

GEFREITER I Ich hab ein Buch: »Die Auschwitzlüge«. Voll objektiv. Da zeigen sie, daß in Auschwitz sechsundachtzig Verbrennungsöfen waren.

GEFREITER II Verbrennen kann man einen Haufen.

GAST II Wir haben überhaupt nichts gehabt gegen die Juden. Außer Gas!

STABSUNTEROFFIZIER Ist das das Buch, wo sie schwarz auf weiß beweisen, daß vierzig Öfen die Russen gebaut haben und vierzig die Amerikaner. Mit russischer Genehmigung. Nur sechs sind echt. Bloß daß sie den Deutschen den ganzen Dreck in die Schuhe schieben können.

Sie küssen sich.

GESCHÄFTSFÜHRER Der kriegt eh kein Aids. Glaubt ihr, so einem Virus graust es vor nichts!

Nach dem Schweigen allmählich brüllendes Gelächter, in das die beiden einfallen.

STIMMEN Striptease!

ZUHÄLTER *zum Heinold*: Hörst, einen Striptease sollen wir auch noch hinlegen!

Lachen. Der Gefreite IV beginnt, aufs Stichwort Striptease hin, unter dem Tisch in seinem Seesack zu wühlen. Man hört metallisches Klacken.

ZUHÄLTER *zum Heinold*: Die Margot wenn sich halt den goldenen Schuß nicht gesetzt hätt ...

GESCHÄFTSFÜHRER Die Margot, das war doch die, wo du *leise, indem er auf den Gefreiten IV zeigt*: dem gaga Typen da, wo jetzt unterm

GEFREITER I Haarscharf, Mann!

GEFREITER II Wirklich?

STABSUNTEROFFIZIER Wos in einem Buch steht, Mensch. Sie haben das Pulver nicht erfunden!

GEFREITER II Nichts für ungut ... Ewig schad, daß wir voneinander scheiden müssen.

GEFREITER I Wer soll uns jetzt die Eier vierkant schleifen, Herr Stabsunteroffizier?

STABSUNTEROFFIZIER Ich schleif euch vielleicht dort, wo alle Frauen Locken haben!

GEFREITER I In Afrika?

STABSUNTEROFFIZIER Heiß. Im Busch! Oder ich schleif dich Sau in Saudi-Arabien. Ich krieg dort jederzeit einen Job. Heimatflug frei! Durch unsern Spieß bin ich Spezialist für den Gaskrieg!

GEFREITER I Klingt wie eine Sage ...

GEFREITER II Klingt saugeil ...

Tisch Taschenbillard spielt, ausgespannt hast.

ZUHÄLTER *nickt zerstreut*: Einen ganz einen andern Schuß hätt sie haben können von mir ins magische Dreieck. Ins margöttliche ... Ich war fast verknallt in die am Schluß. *Schwärmt*: Der Margot hast den Zipfel ins Genick hauen können, das war der wurst. Hauptsach: Die hat ihren Schuß gekriegt ... Oder wenn du ein Klappmesser in der Hosen gehabt hast, hast seelenruhig den Zipfel heraus aus der Apotheke: Geh, Margot, geh ein wenig her, geil wär ich dir! Geh, Margot, tu die Fotzhadern ein wenig auseinander!

STIMMEN *fordernder*: Striptease!

STIMMEN *heftig*: Striptease!

ZUHÄLTER Puppe, mach dich fertig! *Sie reagiert nicht.* Puppe!!!!!

STIMMEN Puppe!
Puppe!
Puppe!

Der Stabsunteroffizier senkt geknickt den Kopf. Der Gefreite IV dagegen, der in Wirklichkeit unter dem Tisch sein Gewehr G 3, die Braut des Soldaten, zusammengebaut hat, erhebt sich abrupt. Er bedroht den Zuhälter.

ZUHÄLTER *zum Rausschmeißer:* Toni …
Er macht mit dem gekrümmten Zeigefinger das Schießzeichen.

RAUSSCHMEISSER No, signore.

GEFREITER IV So, Erich, den Striptease machst heut du! Sonst krachts! *Laut:* Drehbühne anschalten und Rotlicht!

Zuhälter tut es, sieht, daß Widerstand zwecklos ist; außerdem das schadenfrohe Grinsen in den Gesichtern ringsum. Er beginnt sich geziert auf der rotierenden Bühne zu entkleiden.

ZUHÄLTER Und was zahlt ihr? … Umsonst ist der Tod. Und der kostet das Leben.

STABSUNTEROFFIZIER *angesichts des entblößten, schmerbäuchigen Oberkörpers:* Im wievielten Monat bist du denn schon, Erich?

UNTEROFFIZIER Der hat ja direkt einen Busen! Bist ja selber so ein Transvestit, Erich!

GEFREITER IV So – die Unterhose kannst fürs erste anlassen. Meinst, uns grausts vor nichts.

STABSUNTEROFFIZIER *zum Gefreiten IV:* Einspruch, Euer Ehren! *Zum Zuhälter:* Erich, hast du auch eine Haselnuß. Eine schwarzbraune?

GEFREITER IV So – und jetzt legen wir uns schön auf den Rücken. *Zuhälter tut es.* So – Puppe und du *zeigt auf Anastasia:* und wer sonst noch ein Hühnchen zu rupfen hat mit dem Schweine-Erich, der kann das jetzt tun! *Niemand rührt sich. Lachen. Gegröle.*

Ja, Kruzifix, ist euch überhaupt nicht zum Helfen? Nehmt wenigstens ein paar Seidel Bier und schüttet ihn gescheit voll! Los!

Die beiden gehen zur Theke.

PUPPE Wie wärs mit Wodka? Mein Erich.

Die beiden überschütten den Zuhälter: die Animierdame mit Bier, Puppe mit Wodka.

STIMMEN Bravo! Bravo!
STABSUNTEROFFIZIER *zum Gefreiten I*: Kann ich noch einmal dein Feuer haben? Für alle Fälle.

Der Gefreite I gibt ihm das Feuerzeug mit leuchtenden Augen.

ZUHÄLTER *pitschnaß*: Wollt ihr zwei euch nicht auch noch ein wenig mir ins Gesicht hocken. Mit dem Arsch. Und mich ein wenig vollschiffen. Das tät mich doch hinaufhauen wie die Sau. *Singt*: Es ist so schön, ein Schwein zu sein!

Heftiges Lachen.

Der Gefreite IV, dem der Zuhälter die Schau zu stehlen droht, begibt sich mit dem Gewehr im Anschlag zur Theke und wirft der Animierdame ein Küchenmesser vor die Füße. Sie hebt es auf und schwenkt es, triumphierend und theatralisch. Sie geht geziert auf den Zuhälter zu.

GESCHÄFTSFÜHRER Jetzt zapfen sie der fetten Sau endlich das Fett ab!
ANIMIERDAME Jetzt ist es aus mit dem Zureiten von den Frischen! Ausgevögelt!

GEFREITE NNNNNNNNN-------UUUUUUUU-------LLLLLLL!!!!!!!!

STABSUNTEROFFIZIER Erich, sag nur ein Wort, und ich spieß dich auf mit dem Schwanz und zünd dich an wie so Spansau!

GEFREITER III Der reicht für eine gesamte Kompanie aus. Fünfhundert Mann.

ANIMIERDAME Erich, jetzt machen wir ganz eine Frau aus dir.

PUPPE Da ist das Leben gleich viel schöner. Als Frau.

ANIMIERDAME Kannst du gleich selber hier herinnen anschaffen als Hur! Und einen Striptease hinzaubern nach dem andern.

GESCHÄFTSFÜHRER Erich, du wirst meine beste Nummer! Mein Zugpferd! Kriegst das schönste Kreissägenblatt auf der Welt. Eigenhändig. Ehrenwort! Auf den Arsch!

GAST II *singt leise*: Auf der Heide steht ein Blümelein. Das heißt ...

GEFREITE *fallen ein*: ... ZWO DREI VIER: E R I K A !

GEFREITER IV Erika. *Singt mit tiefer Stimme*: Erika. Das gibt eine Mordsumstellung, Erika. Kennst überhaupt schon den Unterschied zwischen Heino und Tampon *singt gleichfalls mit tiefer Stimme*: Erika?

Der Zuhälter knurrt böse in sich hinein.

GEFREITER IV *mit Blick in die Runde*: Heino – ist für den Arsch!
Brüllendes Gelächter.

Die Animierdame reißt sich voller Emphase ihr rotes Halstuch herunter. Sie geht entschlossen auf den Zuhälter los, das Küchenmesser in der Faust.

ANIMIERDAME Daaaa schau! ... *Sie zeigt auf ihren Hals. Zuhälter zuckt zusammen.* Zuerst wirst eine Frau. *Zur Puppe*: Dann stech ich der Erika in den Hals und fick sie mit dem Messer! Gelt, Puppe! Erika, was glaubst, wie du abspritzt?!

Der Zuhälter schlängelt sich, nun doch nervös, unruhig auf dem Boden.

GESCHÄFTSFÜHRER Gut, Anastasia: Dein Küchenschwert braucht schon lang eine gescheite Scheide!

Lachen.

ANIMIERDAME Meinem Nürnberger Luden hat er die Nasen abbissen!

GESCHÄFTSFÜHRER Der hat deswegen behauptet, daß er ein Werwolf war, wo ein Granatsplitter troffen hat. Der Vollidiot hat sich dann aber nimmer im Spiegel anschaun können ... *Macht das Kopfschußzeichen.*

GEFREITER IV *zur Puppe*: Und du haust ab jetzt, Puppe. Das ist kein Pflaster für dich.

PUPPE Will nur den Weltuntergang in Indien erleben, mehr nicht. Da ist die seelische Stufe höher ...

GEFREITER IV Da reißts dich wohl automatisch mit ins Nirwana.

PUPPE Der Weg ins Nirwana führt durch die Hölle. Aber ich laß mich nur ein paar Wochen aufs Kreuz legen, dann rausch ich ab in den Himmel!

GEFREITER IV Hau ab, sag ich, sonst krachts. Jetzt! Wir beide ...

Der Zuhälter, der inzwischen klammheimlich einen seiner Schuhe zu grapschen bekommen hat, wirft diesen Schuh mit

aller Gewalt Anastasia ins Gesicht. Sodann springt er gewandt auf und entwindet der Schmerzgekrümmten das Messer in Kürze.
In diesem Augenblick kracht ein Schuß. Der Gefreite IV hat sich augenscheinlich erschossen.
Der Stabsunteroffizier hechtet abrupt nach dem Gewehr.
Er geht in Anschlag. Er stellt das Gewehr auf Feuerstoß.
Er winkt Puppe mit der linken Hand.

STABSUNTEROFFIZIER Helen! Zu mir!

Puppe schüttelt den Kopf. Der Stabsunteroffizier springt auf Puppe zu und reißt sie an den Haaren zu Boden, dann macht er eine Dreihundertsechziggraddrehung, begleitet vom Geknatter einer Gewehrsalve: SCHEISS-SCHIESSBUDENFIGUREN!!!!!!!!!

ALLE *teilweise bereits unter den Tischen in Deckung, teilweise noch auf ihren Plätzen; auf jeden Fall nach der äußersten Betroffenheit, indem sie realisieren, daß weder sie selbst noch sonst jemand verletzt oder gar getroffen wurde, schreien wie aus einem Mund:* PLATZPATRONEN!!!
GEFREITE NNNNNNNN-------UUUUUUUU-------LLLLLLL!!!!!!!!

Auch der Gefreite IV erhebt sich wieder, laut lachend. Allgemeines Gelächter.

GEFREITER IV Das müßt ihr doch zugeben: Das war der Übergäg!
GAST II Schön wars, Erich. Ganz goldig. Das werd ich mein Lebtag nicht vergessen. Ich bin doch der Papa!
ZUHÄLTER Ich versteh schon einen Spaß, aber keinen auf

meine Kosten! Was zu weit geht, geht zu weit. *Er rafft seine Kleider grimmig zusammen. Zum Geschäftsführer:* Ruf du, derweil ich duschen geh, doch den wachhabenden Offizier an. Ich bin gleich wieder auf der Matte.

GEFREITE O je. Der Spieß ist OVD. Jetzt holt uns der Gashans!

GEFREITER IV Habt doch ein Einsehen. Das war doch nur, weil wir heute ausscheiden.

GEFREITE Ausscheider: NULL NNNNNNNN-------U UUUUUUU-------LLLLLLL!!!!!!!

GESCHÄFTSFÜHRER Jede Entlassung so ein Zinnober! *Er geht ans Telefon. Der Zuhälter verschwindet im Hintergrund. Er wählt.* ... Ja ... Hallo ... Können Sie mich mit dem wachhabenden Offizier verbinden ... Bitte, danke ... Heinold, »National« ... Ja, hier Heinold, »National«! ... Ach, Sie, Herr Hauptfeld persönlich ... Das trifft sich gut. Hören Sie, Ihre Belegschaft führt sich im »National« auf wie der Rotz am Stecken ... Eine Schande für ... Entlassung, ich weiß ... Nein, auf keinen Fall. Das kann so nicht durchgehen. ... Was, Sie sind anderweitig ... O Gott! Und auch die Laserwaffe Edusa? ... Ach, Medusa, sprenggeheim ... Ja dann! ... Die Radaubrüder? ... Nein, das soll ein Gag gewesen sein. Jetzt sind sie ruhig. Am Versumpfen, am Absaufen! ... Ja, das deichseln wir alleine! ... Viel Glück! Wieder ... Äh, bis wann, sagen Sie, kommen die Feldjäger? ... Ja, okay. Alles Roger! Danke. Wiederhören. Viel Glück ... *Er wirft den Hörer auf die Gabel.*

GESCHÄFTSFÜHRER *in die Runde:* Der Major ist aus der Psychiatrischen ausgebrochen, hat sich im Munitionsdepot Einlaß verschafft und macht jetzt die Gegend gefährlich! Auf einem Panzer. Sogar eine Laserwaffe hat er sich unter den Nagel gerissen. Meduscho oder so.

GAST II Pst! Feind hört mit. *Angesichts der getränke-*

bringenden Animierdame: Vor allem kein Wort zu die Weiber ...

GESCHÄFTSFÜHRER Jeder Strahl tausend Mal tödlich! *Zu den Gefreiten*: Aber nichtsdestotrotz: Ihr kriegt euer Fett schon auch deswegen. Die Feldjäger werden nicht lang brauchen, bis daß sie da sind!

GEFREITE Wir scheißen auf die Bundeswehr! NNNNNNNNN--------UUUUUUUU--------LLLLLLLL!!!!!!!! *Singen*:

Wir wollen nachhaus! Nachhaus! Nachhaus!

Trinken.

Nachhause, Nachhause, Nachhause gehn wir nicht!
Bis daß der Tag anbricht!
Nachhause gehn wir nicht!

GAST II *zum Geschäftsführer*: Wie ist jetzt die Geschichte wieder gegangen, wo ihr ins Katholische Schwesternheim eingebrochen seid? Selbigenmals in Nürnberg: Du, der Erich und der Toni.

Pause.

Geh, mein Heinerl, verzähl es noch einmal. Es war so wunderschön ...

GESCHÄFTSFÜHRER Heut nicht. Schnurrer. Das nächste Mal wieder. Ich bin heut zu erschlagen.

GAST II Ach geh, Heinerl!

GESCHÄFTSFÜHRER *zur Puppe*: Bring dem Schnurrer einen Doppelwacholder, auf Kosten des Hauses.

Puppe tut dies. Als sie wieder hinter der Theke steht, erhebt sich der Unteroffizier, der sie mit den Augen verfolgt hat.

UNTEROFFIZIER *wie alle Soldaten inzwischen ziemlich besoffen*: Heh, Pupperl. Heh-Leck, das war ein Schreck! Da ... Da trinken wir zwei auf den Schock hinauf schon ein ganz ein spezielles Sekterl im Separée! Unter alten Freunden aus der Wurstfabrik!

Der Geschäftsführer hat ihn jedoch, zusammen mit dem Rausschmeißer, an den Schultern gepackt und zu seinem Platz gezogen.

GESCHÄFTSFÜHRER Da müssen schon Maschinen kommen. Keine Ersatzteile! Gelt, Puppe. So Geräte wie ich oder der Toni.

Der Rausschmeißer nickt gewichtig. Als der Unteroffizier wieder am Tisch links sitzt, zeigt ihm Puppe die Zunge.

UNTEROFFIZIER *zur Puppe*: Wart nur, Früchterl: Dich rupf ich! Und dann steck ich dir eine Handgranate in Arsch und ah fififiii fick jedes Stück einzeln! *Singt*: Wenn i komm, wenn i komm, wenn i wieder wieder komm ...

Der Stabsunteroffizier, seinerseits bis zur Sinnlosigkeit betrunken, versteht die Provokation allerdings gut; er will aufspringen und über den Unteroffizier herfallen.

In diesem Augenblick kommt jedoch der Zuhälter frischgeduscht, in neuem Anzug, ins Lokal zurück und weist den ohnehin taumelnden Stabsunteroffizier, gleichsam en passant, in die Schranken.

GAST II Der Erich. Unser Erich. Über unsern Erich geht nichts. Geh, Erich, erzähl doch die Geschichte, wo du da ins Schwesternheim gemördert bist!

ZUHÄLTER *geschmeichelt*: Das muß zu der Zeit gewesen sein, wo ich es nicht gelitten hab, daß mir eine zugesperrte Tür im Weg ist. Die hab ich eingehaut! Du, das hat die Nutten sakrisch hinaufgehaut, wenn ich auf geschlossenen Gesellschaften aufgekreuzt bin, den Türgriff in der Pratzen ...

GESCHÄFTSFÜHRER Drum heißt er ja Old Schmetterling, der Schwerenöter!

ZUHÄLTER Der Heinold und der Toni haben drinnen aufgefickt wie die Geisteskranken. In dem Nürnberger Mausoleum. Bloß ich hab gleich geschnallt, daß wir auffliegen. Und ich seh in meinem Surrer eine zugesperrte Tür. Da hab ich es krachen lassen. Ein Mordio! Die Oberschwester ist zur Gänze nackig im Bett gekniet und hat geplärrt wie ein abgestochenes Kalb.

ANIMIERDAME Die hat auch Stoff gebraucht, das Luder! Was hat die uns gezwiebelt! Und die Geschichte im Operationssaal hat s i e an die große Glocke gehängt.

GESCHÄFTSFÜHRER Ja, mit dem Schwesternheim hat uns das Staserl einen Supertip geben.

ZUHÄLTER Die hab ich dir mit Fleiß abgefotzt und gefickt, Stasi! Da hats keinen Rettich gegeben. Ich hab sogar das Kreuz von der Wand gerissen, hab ihr den Herrgott vor die Gosche gehalten und hab gesagt: Da schau her, dann weißt, wer dich fickt!

GESCHÄFTSFÜHRER Wir sind derweil abgehaut. Aber die Bullen haben uns gleich kassiert am Ausgang.

GAST II Der Erich. Der Erich: Wie so ein Fuchskrüppel, wo dir dreißig Hühnlein auch derbeißt über Nacht! Alle Achtung, Erich!

ZUHÄLTER Ja, dann sind wir geschlossen in den Knast gewandert. Ich hab freilich noch einen Bullen umhauen müssen. So einem Karatefritzen muß ich doch die Fresse polieren auf Hochglanz ... Knast: Das ist eine andere Geschichte ...
Zeigt auf die Gefreiten: Werden die Arschgesichter bald abgeholt, sonst gibts ein Unglück. Ich kann kein Polizei-, ich kann kein Soldatenvolk mehr sehen!

Heinold nickt und winkt ab.

ANIMIERDAME *spöttisch*: Im Knast hat sich der Erich einen mordsscharfen Hund gehalten.

ZUHÄLTER *lacht*: DER HEINOLD IST MEIN SCHÄFERHUND, das steht heut noch auf jedem Abort im Amberger Zuchthaus. *Lachen.* Lacht nicht! Der Heinold hat es da fein gut gehabt: Der hat einen Hafen Muckefuck gekriegt und einen Schlag Fressen extra. Dafür hat er unter meinem Bett schön »down« gemacht und sein Fressen anstandslos aus einem Napf geschlürft. *Lachen.* Bellen hat der Heinold natürlich auch müssen, wenn ein Wärter an der Zellentür war. *Lachen.* Du, der ist mit der Zeit so bissig geworden, daß sich kein Schwein mehr hergetraut hat. Solang ich nicht DOWN HEINOLD geschrien habe. *Brüllendes Gelächter.* Irgendmal bin ich mir vorgekommen wie in einem Narrenhaus.

UNTEROFFIZIER Knast ist doch noch viel zu human für solche Säu …

STABSUNTEROFFIZIER Ihr werdet halt im Irrenhaus gewesen sein! In der geschlossenen! Verarschen könnt ihr euch selber!

ZUHÄLTER Tatsach wahr! *Er zeigt auf den Stabsunteroffizier. Zum Geschäftsführer*: Faß!

Heinold geht tatsächlich auf alle Viere und beginnt zu knurren. Auch der Rausschmeißer nähert sich mit Interesse.

ZUHÄLTER Faß!

Heinold nähert sich dem Stabsunteroffizier und beißt ihm unter dem Tisch ins Hosenbein. Alle brüllen vor Lachen.

STABSUNTEROFFIZIER Ich glaub es. Ich glaub es. Erich, tu diese Bestie zurückpfeifen!

Zuhälter pfeift scharf. Der Geschäftsführer springt auf. Und knurrt noch etwas ins brüllende Gelächter rings um ihn hinein. Der Zuhälter zeigt auf den Rausschmeißer.

ZUHÄLTER Dabei darfst du noch froh sein, daß der Toni damals seine Gummipuppe gehabt hat ... Ich hab ihn ja nicht schlecht drangsaliert, unsern Itacker! Immer kurz bevor der Toni gekommen ist, hab ich den Stopsel herausgezogen. Pffffft, ist die Luft rausgezwitschert: Ausgevögelt! Später sag ich zum Toni: Laß dir doch auch Moorbäder verschreiben ... Wie ich und der Heinold. Scheiß auf deine Puppe. Die ist eh im Arsch. *Der Rausschmeißer lacht und droht mit dem Zeigefinger.* Gelt, Heinold: Der Toni hat die Puppe ganz aufgesprengt mit seiner römischen Granaten. Hast wieder mehr Schwein gehabt als Verstand! Heinold. Wer weiß, was dir ohne die Puppe geblüht hätte!

UNTEROFFIZIER Wenn der Adolf noch wär, hätten sie den Erich längst kastriert als Sittlichkeitsverbrecher, und er müßt mit dem Schwulenkrüppel von Heinold im Steinbruch buckeln in Flossenbürg! Ich tät mich liebend gern hinstellen als Aufseher und tät eiskalt hineinpeitschen über eure Schädel mit dem Ochsenziemer!

GAST II Ostzone, Afrika, Rumänien, Tschechei, Weißrußland, Polen ... In der Ukraine Mordseuter!

GEFREITER I Wir brauchen eine Grenze zwischen uns und zwischen die Polacken. Bloß, warum die mitten durch Deutschland gehen muß ...

GEFREITE NNNNNNNN--------UUUUUUUU--------LLLLLLL!!!!!!!!

ZUHÄLTER *zum Unteroffizier*: Du wärst nicht lang Aufseher über mich. Du nicht. In Nullkommanix gings dir wie dem Heinold: Entweder du kriegst von mir dein Fressen oder du kriegst vor mir ein paar in die Fressen! Alles klar!

GESCHÄFTSFÜHRER *fuchtelt mit der Hand vor dem Kopf*: Euer Major und unser Erich ...

STABSUNTEROFFIZIER *zum Gefreiten I, der sich gerade eine Zigarette gedreht hat*: Der Führer hat nicht geraucht, aber Europa. Krieg ich noch eine Zigarette. Auf die Saudiarabien!

GEFREITER I Immer, Herr Stabsoffizier. Sie Sau, Sie Arabien. Sie süße!

GEFREITER IV *lallt*: Der Deutsche ist dem Deutschen ein Adolf. Jaja. Der Teufel muß in Hundssprachen daherröcheln, sonst versteht ihn der Deutsche nicht.

GEFREITER IV *singt*: Teufel,
Teufel
Über alles
Über alles
In der Welt!

ZUHÄLTER Maul halten, du Halbjud!

GESCHÄFTSFÜHRER Hat dir das die Margot geflüstert?

ZUHÄLTER Gewiß.

GAST II Wenn einmal meine Alte nimmer ist, kann der Teufel von mir aus alles pfundweis holen. Grammweis! *Trinkt.* Erich! Erich! Da wenn alle deine Weiber zusammen um den Ofen herumtanzen, so ein saueres Lüngerl wie meine Alte bringen die nicht zustande! Vielleicht mein Töchterl, die kommt in etwa hin!

GESCHÄFTSFÜHRER Mein Hund tät es auch so riechen. Mein Hasso, das darfst kläffen, ist nicht nur auf Katzen scharf wie Eichmann auf die Juden! *Zum Gefreiten IV*: So einen total Durchgedrehten wie dich hätt er gleich herausgerochen. So einen Haufen Scheiße. Mein Schäfer, mit Stammbaum!

ZUHÄLTER Ist jetzt gleich eine Ruh! Laß die besoffenen

Säcke. *Zum Gast II*: Der Heinold hat einen Narren gefressen in seinen Hund. Vorgestern hat er ihm eine Dose »Chappy« in den Zwinger gelegt und einen Büchsenöffner …

GAST II Ach, mein Heinerle. Es ist nicht ein jedes Hundilein so gescheit wie du …

Lachen.

ZUHÄLTER Heinold, Heinold: Lange dauert es nicht mehr!

GESCHÄFTSFÜHRER Bei dir ist eh alles zu spät!

GEFREITE *lallen*: NNNNNNNN--------UUUUUUUU--------LLLLLLL!!!!!!!!

GESCHÄFTSFÜHRER *augenzwinkernd*: Naja, ein wenig kastriert hätt er sich schon gehört, der Erich. Der Nuttenpeiniger!

ANIMIERDAME *mit blauem Auge*: Habts mich ja vorhin nicht zum Zug kommen lassen.

ZUHÄLTER *zur Animierdame*: Kannst du das nicht nachvollziehen, Anastasia. Wenn einem das Heiligste genommen werden soll …

Lachen.

STABSUNTEROFFIZIER *zum Unteroffizier*: Wer glaubst, wär bei uns zwei der Hund …

UNTEROFFIZIER Pfffff …

STABSUNTEROFFIZIER Unter Garantie du! Da kannst Gift drauf nehmen!

UNTEROFFIZIER Da wär ich mir nicht so sicher. Mir hat neulich unser Stabsarzt verzählt, daß zu ihm immer ein Stabsunteroffizier kommt aus unserer Brigade. Zwecks einem Jucken im Arsch … Der Doktor den Braten schon gerochen und ihn immer wieder abgewimmelt.

Und der Stabsunteroffizier den Doktor ewig angehimmelt ... In Gottesnamen: Legen Sie sich hin. Machen Sie sich frei! ... Der Stabsarzt zieht seine Gummihandschuh an, tut dem Stabsunteroffizier die Arschbacken auseinander ... Und ist außer sich vor Glück: Eine Rose, eine Rose ... Drauf sagt der Stuffz: Für Sie, Herr Doktor ...
Lachen.
Im Anfang hab ich das ja für einen Witz gehalten. Aber wenn ich den Schaller heut so mit nüchternen Augen anvisier ...

Der Stabsunteroffizier will natürlich aufspringen und über den Unteroffizier herfallen.

ZUHÄLTER Ruhe jetzt, Kruzitürken! Sonst ruf ich den bissigen Heinold!

Der Geschäftsführer beginnt gefährlich zu knurren.
Gelächter.

ZUHÄLTER So, jetzt trinken wir noch gepflegt einen Gespritzten auf unsere Frauen, gelt Anastasia. Gelt, Puppe! Und wo ist die Soraya? *Ruft*: Soraya!

Die Iranerin kommt aus dem Hintergrund. Sie wirkt noch hübscher als zuvor; derart, daß der Zuhälter die Melodie des Böhmischen-Granaten-Schlagers durch die Zähne pfeift. (Siehe S. 47) Soraya nimmt gemäß einer einladenden Geste am Tisch des Zuhälters Platz. Puppe bringt die gewünschten Getränke. Alle stoßen, sofern nicht vom Suff betäubt, an.

GEFREITER II *erhebt sich, torkelt mit Filzstift auf Soraya zu, zeigt auf sein Reservistenhemd*: Tust du bei mir unterschreiben ...

Soraya lächelt, schüttelt den Kopf.

ZUHÄLTER Prost, Mädels!

Sie stoßen an. Ein Panzergedröhn ist zu hören. Das Lokal erbebt.

ANIMIERDAME Oooh. Springen die Forellen wieder aus die Flüss ...

Die Eingangstür wird aufgerissen. Der Major prescht hinein. Er trägt Uniform und eine Art Kriegsbemalung. Er postiert im Vordergrund.

MAJOR Zeitlebens unter Kommandantur gestanden des Hasses. Des Hasses auf Häßlichkeit. Dir kratz ich die Augen aus mit dem Motordrachen. Im freien Flug. Im Zufall auf Erden!

Aber es sind ja überall auch Schlehen, die unter Strom stehen. Ich lande stets auf Königskobrazehen. Wie ein Guru im Krieg unter Kreuzottern. Ich bin gekommen als der Tausendfüßler des Glücks, feurig wie fünfhundert Funkenmariechen, fünfhundert Fleischwölf im Herzen! Ich bin der Heerwurm des Herrgotts.

Und ich sah tausend und abertausend Puppen in einem Schuppen. Die Liebe stand in Polen unter Rosen. Ich aber kam aus dem Zweistromland. Und ich sah Blitze aus Blüten. Ach ja …

Er sucht in den Taschen seiner Uniformjacke.

GESCHÄFTSFÜHRER *halblaut*: Vorsicht, Handgranaten!
GEFREITE *lallen*: NNNNNNNN--------UUUUUUUU--------LLLLLLLL!!!!!!!!

Alle gehen klammheimlich in Deckung.

MAJOR Bleiben Sie. Bleiben Sie doch bitte sitzen. Ich will Sie kurz blitzen!
GAST II *halblaut*: Meduscho!
MAJOR *steckt einen Blitzwürfel auf seinen Fotoapparat, den er aus seiner Uniformjacke gefischt hat.* Das ist kein Lichtblitz. Sondern nur Blitzlicht. *Für sich*: Zuerst verewigen, dann … *Nimmt davon, daß alle verschwunden sind, Notiz.* Wo sind Sie? Lassen Sie sich doch bitte verewigen … Ach, ich verstehe: Sie glauben, einer Photographie, die ein Verrückter geschossen hat, wohne keine Wahrheit inne? Im Gegenteil: Ich bin Objektiv. Und ich bin Negativ … Bitte recht freundlich! Sonst werd ich melancholisch … *Er hebt den Photoapparat vors Auge.* Fixier wie die Sonnenuhr die schönen Stunden nur.

An der Tür im Hintergrund erscheint, sekundiert von Feldjägern sowie einem Kommando von der Psychiatrie, der Hauptfeldwebel; einen Revolver in der Faust.

MAJOR *zur Häschergruppe, die auf ihn zustürzt*: Bitte so bleiben. Keine Bewegung. Das ist ein Befehl!

Alle erstarren.

Der Major schießt eine Photographie mit Blitzlicht. Daraufhin entspinnt sich durchs Lokal eine Verfolgungsjagd.

GAST II *halblaut*: Ich glaub allerweil, der Sauhund von Major ist es gewesen, wo mich, wo mich, wo mich hat erschießen lassen wollen! Aber die heutigen deutschen Soldaten haben zu wenig Zielwasser. Kein einziger hat mich troffen. Ha!

Der Major wird festgenommen, mit dem gebührenden Respekt.

MAJOR *für sich* Ich bin sein Objektiv. Ich bin sein Negativ … Ich bin rein für sein Licht. Ich bin es nicht …
Ich bin die Maschine, zu der Gott kommt … Objektiv. Positiv … Beim letzten Rapport, wenn alles aufgegangen ist in Schall und Rauch … Und ich auch – bis auf sein Licht. Sein Licht auf meinem Negativ …

Er segnet, in Handschellen, die Leute im Lokal. Die Psychiater ergreifen den Wehrlosen als gesegnete. Die gesegneten Feldjäger nehmen die gesegneten Gefreiten in Gewahrsam. Der gesegnete Hauptfeldwebel übernimmt das Kommando.

HAUPTFELDWEBEL GEFREITE! IN REIHE ZU EINEM GLIED ANGETRETEN! UNTEROFFIZIERE INS GLIED EINGETRETEN! LINKS UUUUUUMMM!!! IIIIIIIIIIIIIIIIM GLEICHSCHRIIIIIITT MARRRRRRRRRSCHSCH!

GEFREITE *die torkelnd den Befehlen Folge leisten*:
NNNNNNNN--------UUUUUUUU--------LLLLLLLL!!!!!!!!

STABSUNTEROFFIZIER *trinkt aus; reiht sich als letzter in die marschierende Rotte*: Wir sind eine geschlossene Gesellschaft. Wir sind alle zu!

Der Stabsunteroffizier marschiert, im Gegensatz zu allen andern vor ihm Marschierenden, im Stechschritt. Dabei kommt er mit den Stiefelspitzen in gefährliche Nähe des vor ihm marschierenden Unteroffiziers. Kurz, bevor sie die Tür passieren, kickt er ihm einen sogenannten Elfmeter in den Hintern. Der Unteroffizier flucht, kann sich jedoch nicht umdrehen, geschweige Rache nehmen, da ihn der Hauptfeldwebel, welcher an der Seite marschiert, im Auge hat.

Das Lokal hat sich so, als ob nichts gewesen wäre, vom Spuk der Soldaten geleert. Von fernher hört man allenfalls:

GEFREITE N......................U..................LL...

Das NULL-Geschrei geht über in HEIL-Geschrei.

STIMMEN DES KOMMANDOS REINER SONNTAG

Pfiff Paff Puff
Deutsche bumst deutsch
Ausländer raus
Rache und reiner Sonntag
»National« zurück
zu Deutschem Fick

ZUHÄLTER *geht zum Ausgang. Man hört nur noch seine Stimme*: Ihr Wichsköpf aus Wunsiedel. Ihr Heßgrabkrüppel. Ich schieß euch verschissenen Ostschrott zurück zu Schaschlik mit der Kalaschnikow.

Der Geschäftsführer sieht das Gewehr des Gefreiten IV und bringt es dem Zuhälter. Dieser feuert nach mehrmaligem metallischen Klicken einmal.

Die beiden kommen triumphierenden Blicks zurück.

GESCHÄFTSFÜHRER Die hätten wir weggeblasen wie die Fliegen!

GAST II Der Erich verteidigt sein »National« notfalls mit Waffengewalt. Achtung und Ehr übers Grab hinaus, Erich.

ZUHÄLTER *zum Geschäftsführer*: Die haben den GI Joe krankenhausreif geschlagen ...

GESCHÄFTSFÜHRER Aus Eifersucht gewiß. Wird ihnen halt seine Granaten gezeigt haben ...

ZUHÄLTER Die hat er ihnen nicht zeigen können. Die hat er grad in deinem Punkkrüppel versteckt gehabt auf dem Heßgrab.

GAST II Ich sag ja nicht, ich mein ja nur: Auf der einen Seite könnt man schon bald wieder stolz sein auf die neue deutsche Jugend aus dem Osten.

GESCHÄFTSFÜHRER Das nächste Mal hab ich aber eine Kalaschnikow und wuchte gleich Stücker 30 Skinschädel herunter auf einen Streich.

ZUHÄLTER So, Schnurrer, Servus. Auf Wiedersehn.

GAST II Magst nicht schauen Erich, ob nicht der FRAUENKREIS MARIA GORETTI heut auch noch aufgekreuzt ist?

ZUHÄLTER Jetzt aber raus. Alle miteinander. Bis auf die Soraya.

GAST II SS – Strumpfbandführer Schnurrer habe die Ehre, Erich. Und vergiß fein mein Dirndl nicht.

Zuhälter nickt und hebt stumm die Hand zum Gruß.

PUPPE *flehentlich*: Richie. *Zuhälter reagiert nicht. Trotzig*: Erich!

ZUHÄLTER Toni! *Er deutet auf Puppe.*
Der Rausschmeißer zieht, zusammen mit Heinold, Puppe aus dem Lokal.

ANIMIERDAME *singt leise beim Gläserabräumen*:

Rose Rose weiche
Flieg auf eine Leiche
Laß die Liebenden befreit
Vom Dorn der Zeit
Von nun an
Bis zur Ewigkeit.

Zuhälter bedeutet ihr stumm, daß sie verschwinden soll. Sie verläßt den Raum.

ZUHÄLTER So, Soraya.
IRANERIN Wie heißt dein Name?
ZUHÄLTER Herr Erich.
IRANERIN Iran nix frei, nix gut. Schah will Iran viel West. Will schön – wie sagt man – Haus. Khomeni will nix West. Will Islam. Ich Iran Theater. Teheran.
ZUHÄLTER Du ... Mann?
IRANERIN Meine Mann tot. Militär. Große Gebirge hat er Loch gemacht, die Schah. Hat er viele, viele. Viel Pistolet ist Tod. Meine Mann tot, Krieg. Meine Mann tot, Loch in Gebirge. Wußte hätte.
ZUHÄLTER Du in Deutschland Mann?
IRANERIN Ich, ich. Lieben kurdische Mann. Irak! Frau tot, Kind tot. Bomba kimiki. Frau aschaut wie Puppe in Tod. Euphrat in Asch ist Tigris. Senfgas aus Deutsch! Wußte hätte. Ich nix Deutsch!
ZUHÄLTER *spielt unter dem Tisch mit seinem Messer*: Du viel ficki-ficki?
IRANERIN *strafft den Oberkörper, fixiert den Zuhälter, kampfbereit wie eine Königskobra*:

من درست نمیدونم چه کلماتی رو به آلمانی میگم. من یک کمی گرامر آلمانی خوندم. ولی باهین یک ذره دراین زبان فکرمی کنم. برای من تئاتر یعنی امنیت. در تئاتر تو زنده ای. بیرون مرگه. فرق نمی کنه چه رلی. من در شکسپیر رل یک فاحشه رو داشتم. ولی در شکسپیر بودم. وحشتناک قشنگه، شکسپیر به فارسی. بعضی وقت ها فکرم میره به اونجا. به تهران.

ZUHÄLTER Jajaja: Ficki-ficki …

IRANERIN

و تو ذهنم این دنیا خیلی قشنگه. این دنیا به قشنگیه طبیعته. مثل آسمونه. مثل آبه. این دنیای تئاتر مقصودمه. دل گرفتن ونشکستن، این هنره. انوقت این دل به بزرگی آسمونه.

ZUHÄLTER Sag, hat dich überhaupt schon einer gescheit geschlagen? Puppe?! … Ich bin in Nürnberg dir hinein ins Puff. Hab einer Hur ihr Lederzeug herunter. Eiskalt mein Messer heraus und ihr den Hals aufgeritzt.

Singt: Böhmische Granaten trug sie auf ihrer Brust
Böhmische Granaten, die glitzern rot wie Blut …

Er beginnt, während sich der Vorhang schließt, den Text anfangs noch halb singend, halb summend, schließlich allein die Melodie zu pfeifen …